AF383976

Retour de Roderick.

LES OUVRIERS DE L'AVENIR

PAR PIERRE ZACCONE.

I

Les frères Hermann habitaient, vers le mois de juin 1834, une petite maison située à deux cents pas de Munich. Cette maison leur était échue à la mort de leur père, et il n'avaient voulu ni la vendre ni la partager; ils l'habitaient ensemble et s'y livraient de concert aux travaux de leur art.

Les frères Hermann étaient sculpteurs.

Le plus âgé s'appelait Arnold; le plus jeune, Carl.

Arnold avait trente ans environ; il était grand, robuste, bien pris dans sa taille, d'une physionomie vigoureusemeent accusée; il portait les cheveux ras sur le front et une épaisse moustache dont les extrémités tombaient négligemment de chaque côté de ses lèvres. Sa mise simple et sévère donnait à son extérieur un air de calme et de sérénité qui séait parfaitement à son visage, dont les traits exprimaient plus de force que de grâce.

Carl, au contraire, était d'une taille délicate et frêle; son visage pâle, mais d'une pureté exquise, offrait le type le plus parfait de la statuaire antique; il portait habituellement le costume classique des étudiants de l'Allemagne, c'est-à-dire la casquette, les longs cheveux, la redingote serrée, le ceinturon et les moustaches bien effilées et soigneusement relevées en rinceaux.

La même différence qui se manifestait dans la manière d'être extérieure des deux frères se révélait également dans leur manière de sentir et de penser.

Carl avait le regard brillant et vif, et c'était toujours avec une promptitude merveilleuse qu'il saisissait, jusque dans leurs plus petits détails, les objets qui se présentaient à lui. Il aimait le beau, mais surtout dans sa forme, et n'admirait rien tant que ces lignes souples et capricieuses qui se jouent harmonieusement autour d'une taille élégante; aussi excellait-il à donner à ses charmantes statuettes les poses délicieuses et pleines d'invitations qui forçaient le regard du passant à s'arrêter et à admirer. Carl était un des artistes les plus connus et les plus achetés de Munich; il retirait un lucre considérable de son travail. A vrai dire, l'argent

1

qu'il gagnait ne séjournait pas longtemps entre ses mains : il aimait les beaux chevaux, les riches vêtements, les mets exquis, tout ce qui, en un mot, constitue le luxe externe de la vie civilisée; il dépensait follement l'argent qu'il gagnait, et se trouvait fréquemment obligé d'avoir recours à la bourse de son frère, qui ne lui refusait jamais ni ses conseils ni sa bourse.

Arnold était, lui, un artiste plus sérieux ; il n'ambitionnait pas ces succès faciles qui n'éblouissent que la foule, et s'était proposé un but plus élevé. Pour lui, il y avait dans l'art un côté éminent qu'il n'avait jamais perdu de vue; derrière la mission de l'artiste, il distinguait la mission de l'homme. Le premier se devait à l'art, le second à la société, et il n'avait jamais songé que l'un pût rester étranger à l'autre. Il ne voulait pas que l'art servît seulement à désennuyer l'oisiveté des riches, il voulait aussi qu'il contribuât à instruire et moraliser les pauvres. Arnold était un penseur hardi et courageux; sans inquiétude pour lui-même, vivant d'un labeur facile et attrayant, il n'avait pu, sans pitié ni commisération, assister au développement graduel et menaçant de la misère et de la dépravation des travailleurs avec lesquels il se trouvait parfois en relation; Dieu seul sait le nombre de rêves généreux qu'il avait faits alors dans la solitude de ses méditations! Il produisait moins que son frère, mais il produisait mieux; chaque œuvre qui sortait de ses mains portait un cachet extraordinaire de force et de génie. La nature de ses études l'avait insensiblement attiré vers un genre de composition qui plaisait peu aux femmes en général, mais qui émouvait profondément les âmes d'élite et vraiment amoureuses de l'art savant. Tout Munich s'est arrêté pendant plusieurs années devant une tête de Christ qu'il composa vers l'année 1832.

Deux mots peindront mieux encore peut-être la position respective des deux frères : l'un était déjà un homme, l'autre n'était encore qu'un enfant.

Tels étaient les Hermann en face du présent : heureux, honnêtes, pleins de bonne volonté, de courage et de talent; en face de l'avenir, chacun d'eux prenait une portée différente.

Carl vivait sans trop savoir où il allait, d'où il venait; enfermé dans le sentiment égoïste de jouissances purement matérielles, il laissait sa vie s'effeuiller jour à jour, et ne se demandait pas même ce qu'il trouverait au bout de la route qu'il semait ainsi des plus chères illusions qui eussent bercé son enfance. Il ne cherchait pas des plaisirs qui pussent lui faire oublier les douleurs ou les préoccupations pénibles de la vie; il n'avait ni douleurs ni préoccupations; ce n'était pas pour étourdir sa raison ou endormir son cœur qu'il montait à cheval ou se livrait aux enivrantes voluptés de la table; loin de là, le cheval lui plaisait parce que sa robe était belle, parce que sa course était aventureuse; il donnait de longues heures aux festins, parce que le vin réchauffait son cœur et que les joyeux propos égayaient sa raison. L'avenir n'existait pas pour lui; un voile d'or et d'argent le lui cachait, et sa main insouciante n'avait jamais tenté de le soulever.—Arnold voyait autre chose dans la vie : il ne croyait pas que l'homme dût de gaieté de cœur déshériter sa propre existence du bonheur que Dieu a mis à la portée de tous, mais il pensait que ce bonheur, pour être complet, devait concourir, par un côté quelconque, au bonheur universel. Il s'était dit, dès que l'intelligence du problème social s'était dévoilée à lui, que le monde entier n'est qu'une famille qui a son père là-haut, et sa pensée s'était souvent arrêtée avec des tressaillements ineffables d'amour sur la grande question de la confra-

ternité humaine. Pour lui-même, il avait facilement renoncé aux joies que pouvaient lui procurer son talent d'artiste et sa position de fortune ; il avait contenu, de bonne heure, les élans enthousiastes qui s'échappaient de son âme, et combattaient encore, sans pouvoir parvenir à une victoire complète, les sentiments égoïstes qui avaient triomphé de la vertu de son frère et se disputaient son propre cœur.

La maison que les deux frères habitaient avait deux étages : le premier était occupé par Arnold, le second par Carl. Au rez-de-chaussée se trouvait l'atelier où les frères Hermann passaient ensemble une partie de leurs journées. L'atelier était simple, une grande chambre éclairée par deux hautes fenêtres donnant presque de plain-pied sur un jardin. Le premier étage se composait d'un appartement de garçon, c'est-à-dire d'une antichambre, d'un salon, d'une chambre à coucher, augmentée d'un petit cabinet de travail. L'ameublement en était peu recherché : quelques statuettes de Carl, plusieurs tableaux de bons maîtres, quelques plâtres, une bibliothèque. Au second étage, l'ameublement changeait d'aspect; de riches tapis couvraient les parquets; des rideaux de soie appendus aux hautes fenêtres ne laissaient pénétrer dans les appartements qu'un demi-jour voluptueux; des sofas moelleux, des glaces splendides, de magnifiques portraits de femme, ornés de cadres artistement travaillés par Carl lui-même, enfin le confortable et le luxe réunis.

Le jardin était spacieux et admirablement disposé par les ordres de Carl, qui surveillait son entretien. Les allées, bien entretenues, présentaient une régularité irréprochable ; les dahlias attiraient le regard par leur merveilleuse variété ; il y en avait de toutes tailles et de toutes couleurs; l'été, surtout, le coup d'œil était ravissant. Les grands arbres étalaient bien haut leurs branches vertes et touffues, les mille fleurs qui poussaient de toutes parts répandaient un parfum délicieux, les oiseaux voyageurs caquetaient doucement sous les épaisses charmilles, rien ne manquait au tableau; il y avait même jusqu'à un petit ruisseau qui, serpentant à travers les herbes fleuries, mêlait à ces parfums et à ces bruits confondus son murmure d'une harmonie monotone, mais qui n'était pas sans charmes.

On était au mois de juin; la journée avait été magnifique; Arnold se trouvait dans l'appartement de son frère, ils avaient ouvert la fenêtre, et tous les deux s'y étaient accoudés : un rayon d'espoir et de bonheur brillait dans le regard de Carl; Arnold était triste et soucieux; et comme si la tristesse de l'un et la joie de l'autre eussent absorbé leurs mutuelles pensées, tous les deux demeuraient silencieux.

Le spectacle était superbe.

Le soleil se couchait dans toute sa splendeur, à l'horizon, jetant un dernier et royal regard sur Munich. Déjà la ville, que les molles vapeurs du soir enveloppaient, offrait des masses indécises dont les silhouettes flottantes ne se présentaient plus au regard que comme à travers un rêve. Mille ombres fantastiques s'élevaient de la terre, subitement évoquées dans le calme de la nuit, et la nature, fatiguée du soleil et du bruit, semblait s'assoupir et se complaire un moment dans le silence et le repos.

Carl suivait d'un regard curieux et avide la scène grandiose qui se passait devant lui sans s'apercevoir de la tristesse ni de la préoccupation de son frère; mais lorsque l'ombre eut achevé de dérober le tableau à ses yeux, et qu'en se retournant dans la chambre, il aperçut, aux faibles clartés de la lampe que l'on venait d'apporter, le visage pâle et souffrant d'Arnold, il ne put réprimer un mouvement de surprise et lui saisit la main.

— Arnold, lui dit-il, tu es souffrant ?

— Moi, fit Arnold en tressaillant.

— Oui, reprit Carl, tu es pâle et ta main tremble, qu'as-tu ?

— Rien, répondit Arnold.

En secouant rudement les pensées amères qui l'avaient assailli et auxquelles il s'était abandonné, il alla se jeter sur le sofa, et reprit bientôt son calme et sa sérénité habituel.

Cependant ce changement subit ne satisfit qu'incomplètement Carl ; il vint un instant s'asseoir auprès d'Arnold, et lui prit une seconde fois la main.

— Arnold, lui dit-il d'un ton affectueux et plein d'un doux reproche, Arnold, tu souffres, tu as beau faire, tu veux me cacher ta douleur, mais je l'ai dévinée ; tu souffres, j'en suis certain ?

— Tu te trompes... répondit Arnold en souriant.

— C'est toi qui me trompes, Arnold, je le vois bien ; depuis quelque temps, je l'ai remarqué, tu n'es plus le même, tu te caches de moi, tu t'enfermes dans ta chambre pendant de longues heures, et, souvent, la nuit, je me suis aperçu, en rentrant fort tard, que tu veillais encore.

— Je travaillais...

— Tu ne travaillais pas, Arnold ; car depuis quelque temps aussi je m'aperçois fort bien que le travail n'a n'a plus le même charme pour toi, et je t'ai surpris plus d'une fois oisif et inoccupé au milieu de l'atelier.

— J'étudiais...

— Tu n'étudiais pas, je le sais bien, car ton regard était triste, ton visage pâle, et j'ai longtemps cherché la cause de cette pâleur et de cette tristesse, sans être parvenu à la découvrir.

Arnold ne répondit rien, mais il était vivement ému ; il comprenait toute la justesse des observations et des reproches de son frère, et cependant il ne pouvait se décider à rassurer les inquiétudes qu'il avait conçues, A chaque instant, l'aveu était près de lui échapper, mais une secrète et impérieuse raison arrêtait aussitôt cet aveu sur ses lèvres.

— Carl, dit-il enfin d'une voix légèrement émue, tu me demandes une chose impossible, ma douleur ne m'appartient pas, je ne puis te la dire : tu ne t'es pas trompé cependant ; il y a eu, depuis quelques mois, dans mon existence, de rudes secousses, de terribles épreuves ; mais, Dieu merci, je suis robuste et fort, et mon but est loin encore : j'ai souffert violemment, mon cœur a été cruellement déchiré par des mains aimées, et j'ai eu mes heures de désespoir et d'agonie ; maintenant le mal est en partie passé ; la blessure est à peu près guérie, et dans quelques jours, je l'espère, il n'y paraîtra plus. Pardonne-moi, Carl ; je n'ignore pas que, depuis notre enfance, joies et douleurs, tout a été commun entre nous, et, tu peux le croire, c'est la seule fois que j'ai manqué à la confiance que je te dois et dont tu es digne.

Carl n'avait pas quitté la main de son frère, il la serra avec une tendre affection.

— Ainsi, lui dit-il, tu ne veux pas me confier le sujet de ta douleur ?

— Cela m'est impossible !.. répondit Arnold.

— Et personne n'en a été le confident ?

— Personne...

— Tu as dû bien souffrir alors !..

— Oui,.. oui, dit Arnold après un moment de silence, la vie est ainsi semée de ronces et de cailloux : il faut un solide courage, une foi inébranlable, pour ne pas s'arrêter en chemin... Mais, je te l'ai dit, tout est fini ou à peu près ; j'ai été faible, dorénavant j'aurai l'expérience de plus, le combat sera moins long et plus facile.

Carl examinait le visage de son frère avec une curiosité inaccoutumée ; son regard brillait, un léger frémissement faisait trembler sa main.

— Arnold, s'écria-t-il enfin avec enthousiasme, saistu bien qu'il me vient une idée !

— Laquelle ? fit Arnold.

— C'est que tu ressembles, d'une façon incroyable, dans ce moment surtout...

— Au roi de Bavière ?..

— Non, au Christ que tu lui as vendu !

— Quelle folie !..

— Je n'avais jamais fait cette remarque.

— C'est assez plaisanter, Carl, parlons maintenant de choses sérieuses, de ton bonheur ; de choses saintes, du bonheur de Marguerite...

— Marguerite !..

— Tu vas devenir son époux, — du moins si le père Traub t'accorde sa main, ce qui n'est pas douteux. — Marguerite est jeune, douce, aimante ; elle paraît se complaire près de toi et t'aimer ; j'ai confiance en ton cœur, tu la rendras heureuse comme elle mérite de l'être...

— En peux-tu douter ?

— Je n'en doute pas, Carl, mais je ne sais pourquoi, Marguerite est une jeune fille pour laquelle j'ai conçu une véritable affection de père ; je l'ai vue, presque enfant, grandir à mes côtés ; le père Traub était un ami de notre père, j'ai toujours regardé Marguerite comme une sœur ; et depuis que je suis homme, j'ai constamment veillé sur elle avec la plus tendre sollicitude.

— Marguerite sera heureuse.

— Que Dieu t'entende et te bénisse pour toutes les joies que tu lui donneras.

En disant ces mots, Arnold se leva et alla regarder à la pendule quelle heure il pouvait être. La pendule marquait huit heures ; il prit son chapeau, Carl en fit autant.

— Allons, dit Arnold avec une expression douloureuse, il est temps, partons.

Et ils s'éloignèrent.

En arrivant sur la route qui conduisait à Munich et passait devant leur porte, Carl s'arrêta.

Une femme portant un élégant costume d'amazone, et montée sur une magnifique jument isabelle, venait de passer devant lui.

Un écuyer en grande livrée la suivait.

— Quelle est cette femme ? demanda Carl.

— C'est madame Kindler, répondit Arnold en remarquant la livrée de l'écuyer.

— Elle se tient admirablement ! Je ne l'avais point encore vue.

— Il y a peu de temps qu'elle est à Munich.

Les frères Hermann reprirent leur chemin.

A quelque distance de là ils furent arrêtés par un homme qui semblait cacher avec soin son visage sous son large chapeau.

L'inconnu se dirigea vers Arnold.

— Que voulez-vous ? demanda celui-ci.

— N'êtes-vous pas Hermann, le sculpteur ?

— Je suis Arnold Hermann, le sculpteur.

— C'est cela même ! Je désire avoir une heure d'entretien avec vous.

— Dans ce moment, cela est impossible.

— L'affaire pour laquelle je viens vous trouver est importante !

— Celle pour laquelle je sors ne peut être remise.

— Ne pouvez-vous alors m'accorder un autre jour ou une autre heure ?

— Le jour et l'heure qui vous conviendront.

— Dans huit jours, à pareil moment !

— Soit.

L'inconnu allait se retirer, Arnold le retint.

— Un instant, dit-il.

— Pourquoi me retenez-vous ? demanda l'inconnu.

— Votre nom ?

— Je n'en ai plus !

— Qui êtes-vous donc ?

— Le chef des *Compagnons noirs !*

II

LA DEMANDE EN MARIAGE.

Ces paroles avaient été échangées entre Arnold et le Compagnon noir à une certaine distance de Carl ; celui-ci n'en avait rien entendu. Quand l'inconnu se fut éloigné, les deux frères reprirent leur marche et pressèrent le pas. Ce court incident leur avait fait perdre des moments précieux, et Carl écoutait avec impatience toutes les horloges de Munich qui sonnaient huit heures.

La préoccupation des deux frères avait alors deux causes bien différentes.

Une secrète pensée imprimait à la marche d'Arnold quelque chose d'indécis et de rêveur. La singulière rencontre qu'il venait de faire l'intriguait beaucoup, et il se demandait ce que pouvait lui vouloir le chef redoutable des Compagnons noirs. Cette dénomination s'attachait alors à une centaine de bohémiens que la plus affreuse misère avait réduits au rôle d'assassins et d'incendiaires, et qui, réunis à quelques ouvriers de la Silésie, exerçaient leur horrible métier dans les campagnes de la Bavière. Il y avait déjà longtemps que ces sanglants *Compagnons*, comme ils s'appelaient, pesaient sur le pays, et toutes les mesures de coërcition prises par le gouvernement bavarois étaient jusqu'alors restées sans effet. La bande noire était aussi bien organisée qu'eût pu l'être une société d'hommes civilisés : elle était divisée en plusieurs corps, dont les chefs partiels obéissaient à un chef commun qui, réunissant entre ses mains une autorité souveraine et sans contrôle, avait droit de vie et de mort sur chacun des membres de l'association. La compagnie avait des ramifications fort étendues : elle s'était ménagé de secrètes et puissantes intelligences jusqu'au sein des villes même ; elle avait ses espions, ses correspondants, une police en plein exercice, et les mesures qui devaient attaquer ses intérêts lui étaient connues avant même qu'elles fussent mises à exécution.

Arnold récapitulait mentalement les moyens d'intimidation que cette formidable compagnie avait à son service et la puissance dont elle pouvait disposer, et il s'effrayait à la seule pensée de la facilité avec laquelle le crime peut s'étaler au grand jour, sans crainte de la honte ou de la justice. Et puis il cherchait à s'expliquer comment il se faisait que le chef des Compagnons noirs eût pu arriver jusqu'à lui, et quel motif lui faisait solliciter un entretien. Il ne savait que penser ni à quel parti s'arrêter, et il se demandait s'il devait accorder une entrevue à un pareil homme.

A tous ces sujets de préoccupations se joignaient ces sentiments étranges qui l'avaient si profondément agi-

té, quelques instants auparavant, dans la chambre de Carl, et il marchait à côté de son frère sans proférer une parole, cherchant à regagner le terrain que toutes ces hésitations lui faisaient perdre.

De son côté, Carl, dont le cœur battait avec violence, dont l'âme s'abandonnait alternativement aux plus doux sentiments, aux plus joyeuses espérances, dont la pensée vivement éveillée s'élançait avec des transports d'enthousiasme vers une sphère de voluptés idéales, Carl frappait le pavé d'un pied sonore et rapide, et, s'inquiétant peu de savoir s'il était ou non suivi d'Arnold, marchait pour ainsi dire à l'aventure vers une image adorée qui semblait l'appeler et le fuir sans cesse.

Carl aimait Marguerite avec toute l'ardeur de son âge.

Peut-être y avait-il dans sa passion plus de désirs que de véritable sentiment ; Marguerite l'avait plus séduit par sa beauté que par sa candeur ; la régularité de ses traits, la simplicité charmante de sa mise, sa démarche à la fois chaste et pleine d'un voluptueux abandon, avaient plus arrêté son regard que sa bonté, sa douceur et son ignorance naïve avaient ému son cœur et troublé sa raison... Mais il aimait, et quelle que fût la source de ce sentiment, il en était dominé, et cela suffisait à son bonheur !

C'est dans cette disposition d'esprit que les frères Hermann arrivèrent à la maison du père Traub.

Cette maison était située dans un quartier retiré de Munich, où, passé neuf heures, nul bruit ne se faisait jamais entendre. Elle était simple et se composait seulement d'un étage et d'un rez-de-chaussée ; le tout se trouvait enclos dans un petit jardin dont les acacias et les mélèzes formaient comme un épais rideau derrière lequel la maison se cachait. Les murs extérieurs avaient été recouverts d'une couche de couleur blanche sur laquelle les fenêtres ressortaient avec leurs jalousies vertes, et rien ne saurait rendre l'effet que présentait au regard cette charmante habitation, jetée ainsi au milieu de la ville comme une fraîche et pure oasis.

Avant la mort de sa femme, quand il était professeur à l'université de Munich, le père Traub avait longtemps habité une maison de haute apparence, auprès du palais ordinaire du roi de Bavière ; il avait à cette époque une fortune princière et une réputation véritablement populaire ; mais ayant bientôt vu s'épuiser sa fortune et décroître sa réputation, ayant perdu d'ailleurs dans sa femme la seule personne dont la compagnie pût jeter une tendre consolation sur les pénibles épreuves réservées à sa vieillesse, il eut le courage de s'arracher d'un monde qui ne l'admirait plus, et de se réfugier dans le repos et la solitude. Il emmenait avec lui sa fille Marguerite, qui était encore bien jeune à ce moment, et il ne comprit pas d'abord comment cet enfant le sauverait du découragement et du désespoir... Mais quand il vit cette pure nature se développer sous ses yeux, qu'il put assister à la transformation mystique qui s'opéra devant lui, comme devant Dieu même, dans le cœur de sa fille, il passa des heures, des journées, des nuits entières dans l'extase d'un bonheur ignoré, oubliant les blessures du philosophe dédaigné pour se livrer tout entier aux joies du père heureux...

Marguerite grandissait à vue d'œil, sa taille se dessinait en s'allongeant, ses bras s'arrondissaient, ses cheveux blonds commençaient à descendre sur ses rondes épaules, sa gorge se laissait déjà deviner sous son vêtement modeste ; son regard, d'une douceur inexprimable, prenait quelque chose de vague et d'indéterminé. Un céleste enchantement se lisait en même temps sur son visage; on eût dit qu'elle était elle-même étonnée, presque ravie de sa beauté.

Marguerite n'était cependant pas coquette, et elle ne tirait aucune vanité des charmes dont Dieu l'avait parée. Elle sortait rarement et ne sortait jamais seule; le dimanche elle allait entendre les offices, les jours ouvrables elle restait auprès de son père; le soir, elle allait quelquefois, mais pendant l'été seulement, passer une heure ou deux sur une des promenades publiques de Munich. Là, sans doute, elle avait vu souvent bien des regards s'allumer sur son passage, bien des étudiants s'arrêter pour l'admirer; elle avait entendu bien des murmures confus s'élever autour d'elle; mais rien de tout cela ne l'avait émue, et elle ne gardait, en rentrant au logis, aucun souvenir qui lui fît regretter de voir la nuit arriver et mettre un terme à sa promenade.

Il faut bien le dire, cependant, si Marguerite ne conservait ni souvenir de ses promenades, ni regret de les voir se terminer si vite, c'est que depuis quelques mois elle était certaine de trouver au retour un jeune sculpteur aux longs cheveux noirs et au visage pâle, aux moustaches effilées et soigneusement relevées en rinceaux, dont la vue réjouissait plus son âme qu'aucune promenade au monde, dont la voix était plus douce à son oreille qu'aucune sérénade d'étudiant. Du moment où elle avait connu Carl, du moment surtout où elle l'avait aimé, la vie avait pris aux yeux de Marguerite un charme nouveau et s'était parée de beautés inconnues. Son amour était devenu sa plus douce occupation : pendant le jour, elle attendait l'heure qui devait ramener son amant à ses côtés; la nuit, elle se rappelait le bonheur qu'on lui avait promis, et répétait les enivrantes paroles qui lui avaient été dites. Dès ce moment aussi, elle s'abandonna entièrement et sans crainte à Carl, et lui confia toute sa vie, tout son avenir; l'avenir que rêve une imagination de quinze ans!

Quelques instants avant l'arrivée des frères Hermann, le père Traub était assis pensif et abattu, dans un fauteuil en bois de chêne, auprès de la fenêtre : le coude appuyé sur l'un des bras du fauteuil, la tête penchée sur sa main, il suivait avec intérêt chacun des mouvements de Marguerite, qui s'occupait de mettre le couvert. La table était déjà parée d'une nappe bien blanche, un pain de ménage ornait l'un des bouts, gravement escorté d'une bouteille de vin du Rhin et d'un pot de bière brune. Des viandes froides et quelques fruits occupaient le milieu; il ne restait plus qu'à poser les deux assiettes devant les deux places que devaient occuper le père et la fille, lorsque la sonnette de la porte extérieure, vivement agitée, annonça l'arrivée d'Arnold et de Carl. Marguerite s'arrêta tout court et devint rouge; le père Traub laissa retomber sa main et demeura interdit.

Les frères Hermann entrèrent.

Arnold salua affectueusement Marguerite en passant près d'elle, et se dirigea sans s'arrêter vers le père Traub; Carl le suivit, mais il se pencha en passant à l'oreille de Marguerite, et lui dit quelques mots à voix basse qui la firent devenir encore plus rouge qu'elle n'était. Après quelques tours insignifiants à travers la chambre, elle s'esquiva lestement et disparut.

Cependant Arnold s'était avancé vers le vieillard, qui restait accablé et sans force; dès qu'il se trouva devant lui, il lui tendit la main.

— Monsieur Traub, lui dit-il, ne reconnaissez-vous plus les enfants de votre vieux Hermann que vous semblez hésiter à serrer la main qu'ils vous offrent?

— Non, non, je n'hésite pas, Arnold, répondit le vieillard vous êtes les dignes fils de mon ami, vous, Arnold, vous aussi Carl.

Et en disant ces mots, il s'était levé et avait serré les mains des deux frères.

Mais une fois cette expression d'amitié donnée, l'éclair qui avait un instant traversé son regard disparut, et il reprit son attitude morne et pensive.

Arnold ne se laissa pas déconcerter par cette réponse singulière.

— Monsieur Traub, reprit-il, quelques secondes après, j'ai une demande importante à vous adresser...

Le père Traub se promenait avec agitation à travers la salle; il s'arrêta en pâlissant.

— Quelle demande? fit-il d'une voix altérée.

— Vous n'ignorez pas, poursuivit Arnold, que Carl aime Marguerite.

— Je le sais.

— A tort ou à raison, Carl a espéré jusqu'à présent que Marguerite ne le voyait pas avec indifférence.

— Ah !

— Et pensant que le moment est venu pour lui de s'unir à Marguerite par des liens plus doux et plus solides que ceux de l'amitié, il m'a prié de vous demander...

— La main de ma fille ?

— Précisément !

Le père Traub ne s'était plus arrêté; toutes ses réponses avaient été jetées d'un ton bref et rude qui surprenait Arnold autant qu'il glaçait Carl : il était évident qu'un terrible combat se livrait dans le cœur du vieux professeur, qu'il éprouvait une affreuse torture morale.

— Oui, s'écria-t-il douloureusement en regardant autour de lui d'un air à moitié hébété, oui, c'est cela !... Maintenant que je me suis fait une douce habitude de la voir, de l'entendre, de l'embrasser tous les matins, tous les soirs, ils vont me l'enlever, ils vont nous séparer... Elle, pure, naïve, confiante, pauvre Marguerite, ils vont l'emmener loin de moi !.. ils vont me faire une vieillesse solitaire et désolée... Ah ! le fardeau est rude aux vieillards !.. Mais je n'aurai pas longtemps à souffrir... Dieu merci... je mourrai bientôt... oui... oui, bientôt !

Tout en parlant ainsi, le père Traub était venu se rasseoir sur le fauteuil qu'il occupait au moment de l'arrivée des deux frères.

Arnold ne savait que penser, Carl n'osait faire un pas.

— Non, cela ne sera pas, reprit bientôt le vieux Traub, cela serait affreux, arracher son enfant à un pauvre vieillard... ils auront compassion de lui, ils attendront... Eh bien! dans quelques années, il ne sera plus, il aura cessé de vivre, alors... N'est-ce pas, Arnold, que cela est juste, ajouta-t-il en tournant du côté de l'aîné des Hermann son visage baigné de larmes, n'est-ce pas que vous vous rendrez à mes raisons?

Arnold voulut répondre, mais le vieillard l'interrompit :

— Oh ! je ne vous ai pas tout dit, reprit-il en se levant et en parcourant la chambre à pas précipités; tenez, voici la place de laquelle je l'aperçois tous les matins, car elle est plus matinale que moi, la vieillesse est paresseuse; quand je me réveille, voyez-vous, ma chambre est à deux pas, quoiqu'elle marche sur la pointe du pied, pour faire le moins de bruit possible, je l'entends, et je me lève; quand j'arrive, elle est assise là, les regards tournés vers ma porte; dès que la porte s'ouvre, elle saute de sa chaise et accourt pré-

senter son front à mon baiser de tous les matins...
A partir de ce moment, la journée commence réellement
pour elle ; elle surveille les domestiques de la maison,
elle presse les uns, gourmande doucement les autres,
elle va, elle vient, elle court, elle chante ; tantôt au
jardin, tantôt au premier, dans ma chambre, dans la
sienne, partout ; et moi, je suis ici sur ce fauteuil ; je
la regarde, je l'écoute, je la vois, je l'entends, je suis
heureux, je vis, je me sens presque redevenir jeune ;
c'est elle qui est l'âme de la maison ; elle en est la
gaieté, la joie, le bonheur, et toute ma gaieté, toute ma
joie, tout mon bonheur s'en iront avec elle, si vous
avez la cruauté de me l'enlever.

Le vieux Traub laissa tomber sa tête dans ses mains.

— Ah ! pourquoi Carl l'a-t-il aimée, dit-il en sanglotant ; pourquoi Marguerite l'aime-t-elle, plutôt ; que
n'est-elle restée ignorée auprès de moi ? aujourd'hui,
je ne regretterais pas de lui avoir confié tout l'espoir
de ma vieillesse, et je n'en serais pas venu à douter de
de son amour !

Un cri déchirant répondit à ces cruelles paroles, la
porte de la salle s'ouvrit avec fracas, et Marguerite,
les cheveux épars, le visage pâle, les yeux pleins de
larmes, vint se jeter au cou de son père.

— Mon père ! mon père ! s'écria-t-elle, ah ! vous êtes
méchant dans votre douleur : voyons, qui vous a dit que
je voulais vous quitter, qui vous a dit que je ne vous
aimais plus, que je n'étais plus votre enfant, votre Marguerite aimée ?... Oh ! taisez-vous ! taisez-vous, vilain
père ! non, je ne me séparerai pas de vous, je ne me
marierai pas, je ne me marierai jamais... J'ai vécu
ainsi de longues années, j'ai été heureuse, je le serai
encore, toujours... Dites, cela suffit-il pour vous rassurer ?..

Le père Traub prit son enfant dans ses bras, la baisa
tendrement sur le front ; puis, jetant un regard singulier sur Arnold et sur Carl, il l'emmena dans un coin
de l'appartement d'où l'on ne pouvait l'entendre, et
lui dit d'une voix tremblante :

Dis-moi, Marguerite, tu ne l'aimes donc pas ?..

— Carl, mon père ?

— Oui, oui, Carl.

— Mais...

— Réponds, mon enfant, oh ! réponds moi !

— Je n'ose.

— Oh ! parle, parle, Marguerite... vite, dis-moi tout
avec franchise, ne me cache rien ; tu ne sais donc pas
que ta réponse sera pour moi un arrêt de vie ou de
mort !

— De mort ?

— Aimes-tu Carl ?

— Non, mon père répondit résolûment Marguerite...

— Tu ne l'aimes pas !..

— Je ne l'aime pas.

Un frisson de joie indicible parcourut le vieillard ; il
saisit les mains de Marguerite, les baisa avec un transport presque fou.

— Ainsi, lui dit-il, tu consens à rester près de moi ?

— Oui, mon père...

— Tu ne te marieras jamais...

— Oh ! non, jamais...

— Et tu n'aimeras jamais que moi seul ?

— Vous, vous seul, mon père !

— C'est bien !

Le père Traub se retourna alors vers Arnold et vers
Carl.

Arnold, dit-il d'un ton qui dissimulait mal sa joie, la
demande que vous me faites m'honore, et quoi qu'il eût

pu me coûter de me séparer de ma fille chérie, j'aurais
consenti à son union avec votre frère ; mais j'ai inter-
rogé le cœur de Marguerite, et désormais il est devenu impossible qu'elle devienne la femme de Carl.

— Et pourquoi cela ? demanda Arnold.

— Parce qu'elle ne l'aime pas !

— Que dit-il ! s'écria Carl éperdu en se précipitant
vers la jeune fille.

— Elle ne l'aime pas ! murmura Arnold.

— Elle ne l'aime pas ! répéta encore le vieillard.

III

UNE STATUETTE BRISÉE.

Pendant que la scène racontée plus haut se passait
chez le père Traub, une scène d'un autre genre se passait chez M. Kindler, qui remplissait auprès du gouvernement bavarois des fonctions analogues à celles de
notre préfet de police.

Il était huit heures environ : M. Kindler et madame
Bianca Kindler, sa femme, se trouvaient tous les deux
seuls dans le salon de leur splendide demeure. M. Kindler se promenait avec une certaine agitation, à travers le salon, imprimant ses pas rapides et serrés sur
le riche tapis qui recouvrait le parquet.

M. Kindler était grand, sec et maigre ; il avait cinquante ans environ, mais à voir les lignes vigoureuses
de son visage, ses yeux gris et perçants, ses membres
nerveux, on devinait qu'une vie puissante circulait sous
cette enveloppe, et qu'une activité insatiable en animait tous les ressorts. M. Kindler avait d'ailleurs ce qui
dénote chez la race humaine une haute intelligence
servie par une volonté inébranlable. Il portait le front
haut, il avait le geste prompt et impérieux, le coup
d'œil rapide et sûr... il lui arrivait rarement de se tromper, il connaissait les hommes et savait la langue qu'il
faut parler à chacun.

Jeté, jeune encore, au milieu des troubles qu'avaient
suscités les diverses diètes germaniques convoquées
après 1815, M. Kindler apprit bien vite les mystères
de la politique, et se prépara, dans ces luttes contre
le patriotisme de la vieille Allemagne, à la vie qu'il
devait embrasser plus tard. Les remarquables facultés
qu'il déploya alors au profit de certains gouvernements
divisés de la Confédération lui valurent les éloges de
plusieurs hommes d'Etat, et une fois lancé dans la
route que ces brillants débuts lui ouvraient, il y fit de
rapides progrès.

Cet homme réunissait en lui les qualités les plus
opposées, et qui sembleraient les plus antipathiques ;
à la souplesse astucieuse du diplomate consommé, il
alliait, avec une adresse merveilleuse, la fermeté et
même la raideur de l'homme d'Etat à conviction arrêtée ; il était à la fois rusé, cauteleux, maniable, précis, net, profond ; il avait en même temps le regard
voilé et perçant. Dans la conversation, on le voyait
d'abord franc, sincère, loyal même ; on s'abandonnait à
la logique noble et claire de ses raisonnements, puis,
par une transition habilement ménagée, peu à peu,
cet homme se dérobant avec art à l'observation, découvrait tout à coup le but que sa franchise et sa loyauté feintes avaient servi à cacher. Il était impossible
d'imaginer une évolution plus adroitement exécutée.
M. Kindler était fort connu à Munich sous ces divers
rapports, et comme le gouvernement avait su depuis
longtemps apprécier ses hautes et puissantes facultés,
il envoyait à son école toute la jeunesse titrée dont il
voulait faire des diplomates.

La maison de M. Kindler était donc très-suivie par les jeunes gens de la haute noblesse, et passait, par conséquent, pour une des mieux fréquentées.

A vrai dire, M. Kindler n'avait pas seul le privilége d'attirer ainsi les jeunes barons allemands, et madame Bianca Kindler était bien pour quelque chose dans cette vogue.

Madame Kindler avait alors vingt-quatre ans; elle était petite, mais admirablement jolie; ses yeux noirs brillaient ardemment sous ses longues paupières et répandaient une vive lumière sur ses joues; ses dents blanches et bien rangées éclataient derrière ses lèvres roses, et ses cheveux noirs, qui couraient le long de ses tempes rayées de veines bleues, faisaient ressortir la blancheur de sa peau. Sa main était longue et effilée, son pied trop petit! C'était assurément une délicieuse créature, dont aucune expression ne saurait donner une juste idée. Il faudrait un pinceau habile pour rendre avec un semblant d'exactitude son cou si souple, sa taille si pleine d'ondulations vaporeuses, le galbe pur de sa jambe si ronde et si pleine; encore le pinceau serait-il impuissant à fixer sur la toile cette pétulance avide des moindres mouvements, cette vivacité inquiète du regard, cette animation voluptueuse du corps, qui attiraient vers Bianca et le cœur et les yeux!

Elle avait vingt-quatre ans, mais elle était restée si frêle et si délicate qu'on l'eût prise volontiers pour une enfant de seize ans. Une chose remarquable chez cette femme, c'était la lutte continuelle que semblaient se livrer en elle sa raison et ses instincts. Mariée fort jeune à M. Kindler, elle n'avait jamais beaucoup fréquenté le monde et semblait d'ailleurs peu disposée à y rechercher des plaisirs dont elle ne sentait pas le besoin. Cependant, malgré l'apparent dédain dont elle restait enveloppée, et qui mettait, de la sorte, son cœur à l'abri de tout contact étranger, on devinait dans ses yeux ou sous sa peau, dans son regard ou dans son geste, des désirs impérieux auxquels elle eût elle-même cherché vainement à assigner un but.

Parfois, au milieu du bal, lorsque, entraînée par la valse frémissante aux bras d'un beau jeune homme blond et mélancolique, il lui arrivait de frissonner jusqu'au fond de son âme, elle se demandait avec étonnement pourquoi la vie refluait avec cette plénitude vers son cœur gonflé, pourquoi elle sentait passer sur son âme éperdue cette jouissance exquise d'un bonheur ignoré! Alors, palpitante d'une émotion inconnue, elle voyait s'ouvrir devant elle les portes dorées d'un monde dont elle ne soupçonnait pas même l'existence, et demeurait anéantie de son ignorance, presque honteuse de son innocence et de sa candeur : toute son organisation s'ébranlait puissamment; elle se laissait emporter par un enthousiasme sympathique vers les régions solitaires des grandes joies ou des grandes douleurs, et, abattue, mais toujours courageuse, vaincue, mais prête à recommencer la lutte, elle frémissait dans son impuissance, cherchant, en désespoir, quelque chose ou quelqu'un qu'elle pût aimer ou adorer. Ainsi, toujours victime d'un amour immense qui couvait en elle, consumée à jamais par une flamme éternelle qui brûlait dans son cœur, Bianca avait vécu près de M. Kindler, s'efforçant de calmer ces élans d'une nature vierge et vigoureuse, étouffant ces germes ardents d'une passion toujours combattue et sans cesse renaissante.

En voyant l'éternel sourire qui courait sur ses lèvres enjouées, qui eût été assez osé pour croire ou pour penser que cette femme souffrait!..

Une fois cependant, Bianca avait été sur le point d'aimer et d'être aimée. Il y avait de cela trois ans environ. C'était en Italie; elle était déjà mariée depuis longtemps à M. Kindler, mais elle n'avait encore pu se faire au climat de l'Allemagne et aux habitudes de son aristocratie. Tous les ans, à pareille époque, elle revenait au lieu où elle avait passé son enfance tant de fois regrettée, et là, sous le ciel ardent du pays de Dante et de Raphaël, en face d'une nature enchantée, elle retrouvait toutes les sensations de sa jeunesse insouciante et libre, et puisait dans ses ressouvenirs la force de reprendre, au retour à Munich, la vie monotone et sans charmes qu'elle était condamnée à y mener.

C'est un fait reconnu, et qu'il est du reste facile de constater, que les changements atmosphériques influent d'une manière sensible sur les dispositions du cœur et de la pensée humaine.

Dès que Bianca se retrouvait ainsi sur cette terre bénie, son âme s'ouvrait tout à coup à toutes les joies d'un pur amour, et elle sentait ses facultés doubler de puissance! C'est vers cette époque qu'un artiste, que l'on appelait Roderich, arriva dans la demeure de son père; il voyageait, il s'occupait d'art, il venait en Italie étudier les œuvres des grands maîtres.

Il passa quelques mois de la sorte, recevant du père de Bianca une hospitalité véritablement royale, et oubliant le but de son voyage dans les plaisirs d'une oisiveté que relevait une compagnie choisie.

Bianca était la seule personne pour laquelle un tel voisinage eût du danger. Elle était jeune, enthousiaste, amante du beau et du grand; le jeune artiste avait une physionomie puissante, deux yeux intelligents; il parlait de l'art avec un enthousiasme entraînant. Bianca se laissa séduire en l'écoutant par toute la magie de sa parole, et conçut, pour la première fois de sa vie peut-être, le regret d'être enchaînée à jamais au vieux chef de la police du royaume de Bavière.

Cependant, cet enchantement dura peu; le père de Bianca s'aperçut bientôt de l'amour de sa fille; il éloigna l'artiste et s'empressa d'aller lui-même remettre madame Kindler sous la garde de son époux.

Ce n'avait été qu'un rêve pour Bianca, il fut de courte durée; oublia-t-elle Roderich? il est permis de le croire. D'ailleurs, l'ardeur avec laquelle elle suivit peu après les plaisirs de la société de Munich donnent le droit de le supposer.

Bianca portait une robe de soie brune rayée de blanc, dont la coupe bien entendue laissait voir ses rondes épaules, et n'enlevait à sa taille ni son élégance ni sa souplesse. Ses cheveux tombaient en boucles sur son cou; une guimpe de riche valencienne voilait sa poitrine; elle jouait en ce moment avec une petite cassolette pleine de parfums suspendue par une chaînette d'or à son bracelet, et suivait avec une préoccupation profonde une triste rêverie qui, d'instant en instant, plissait son front pur et crispait sa lèvre un peu pâle.

M. Kindler continuait sa promenade sentimentale à travers le salon, et paraissait jouir d'une satisfaction bien prononcée. Il ne s'était pas encore arrêté. A chaque minute on voyait changer l'expression excesssivement mobile de ses petits yeux gris. Parfois, sa joue, ordinairement pâlie et fatiguée, s'animait subitement et se colorait d'une rougeur inusitée; parfois aussi, un léger tremblement agitait ses lèvres, sa pâleur habituelle remplaçait les couleurs factices que l'émotion faisait monter à son visage; il redevenait froid, superbe, impénétrable. Enfin, lorsque la pendule sonna huit heures, il s'arrêta au milieu de l'appartement, et, s'aper-

La demande en mariage.

cevant, pour la première fois seulement de toute la soirée, de la préoccupation de sa femme, il se rapprocha d'elle, et, avec cette galanterie froide et compassée d'un homme d'Etat :

— Vous êtes triste ce soir, Bianca? lui dit-il d'un ton qu'il essaya vainement de rendre affectueux.

— Moi! fit Bianca en relevant son regard pur vers son mari sans éprouver la moindre émotion.

— Oui, reprit M. Kindler.

Puis, après avoir jeté sur Bianca un regard pénétrant comme il eût fait à un criminel, il ajouta :

— Seriez-vous indisposée, mon amie?

— Je souffre un peu... répondit Bianca.

— Si vous le voulez, nous ne recevrons pas...

— Cette indisposition ne sera rien, et puis le monde me distraira, j'ai besoin de distraction.

— Voulez-vous que j'envoie chercher M. Sœrres?

— Mon médecin... non, merci... dans un instant je serai mieux.

— Je ne le crois pas...

— Qui peut vous faire supposer?..

— Je fais mieux que supposer, je suis certain...

— Comment cela?

— Je suis un excellent observateur, Bianca, et vous ne devez pas ignorer que rien n'échappe à mon regard ; c'est une science que l'expérience des hommes m'a donnée, et vous allez voir que je sais la mettre à profit dans quelque position que je me trouve ; seulement, ne m'en veuillez pas trop si mon talent d'observation vous embarrasse ; je suis excellent observateur,

mais je suis bon époux, et, mieux que cela peut-être, sincère et loyal ami !

M. Kindler avait parlé d'une façon si franche et si ouverte, que Bianca se laissa gagner par ces paroles ; elle s'abandonna à lui, et fut sur le point de lui ouvrir son cœur : elle était déjà à moitié consolée. M. Kindler reprit :

— Voyez-vous, Bianca, il faut croire ce que je vais vous dire ; à prendre la vie comme la plupart des hommes la prennent, c'est une chose assez triste et assurément assez peu digne d'occuper l'attention. Les hommes sont laids de corps et d'âme, ils sont petits de sentiment et d'action. Quand on ne les regarde qu'en passant, c'est peu de chose, mais quand on veut se donner la peine de les étudier un peu et de tenir braquée pendant quelques instants sur eux cette longue-vue merveilleuse de l'observation, la vie, si insipide d'ordinaire, se colore, s'anime et devient le plus curieux spectacle auquel il ait jamais été donné à l'homme d'assister. C'est plus qu'un passe-temps, c'est une étude. De bonne heure, et j'en remercie Dieu, j'ai occupé au théâtre du monde une place avantageuse sous ce rapport, et je me suis fait, par l'habitude, une science qui m'a procuré de bien vifs plaisirs, qui a éloigné de moi bien des chagrins et me préservera de bien des douleurs.

Bianca s'était remise à jouer avec sa petite cassolette ; elle écoutait son mari avec attention, mais l'expression sereine de sa physionomie n'avait pas un moment changé.

— Il n'y a qu'un instant seulement, poursuivit

Entrevue de Burger et d'Arnold.

M. Kindier, que je me suis aperçu de votre tristesse ou plutôt de votre préoccupation, et cependant aucun des traits qui la distinguent et qui en font deviner la cause ne m'a échappé. Votre regard est plus voilé qu'hier, votre visage est plus pâle, votre sourire est triste ; vous n'avez plus la même détermination dans le geste, et je remarque une grande hésitation dans votre voix. Ces indices sont graves, Bianca, et j'en conclus que vous êtes indisposée, ou que vous avez quelque sujet de tristesse que vous voudriez et que vous n'osez me confier.

— Cela est bien possible, pensa Bianca, qui avait laissé tomber son jouet sur ses genoux, et qui ne songeait plus à relever les yeux.

— Bianca, dit M. Kindler après un moment de silence, pendant lequel il avait épié les divers mouvements de la physionomie de sa femme, ne seriez-vous pas heureuse ? Est-il un désir que vous ayez formé et que j'aie été assez malheureux pour ne pas prévenir ! S'il en est ainsi, pardonnez-moi, et laissez-moi réparer mon oubli en me faisant connaître en quoi j'ai pu vous déplaire.

— Je ne désire rien, répondit la jeune femme, et je suis aussi heureuse qu'il m'est possible de l'être.

— Cependant vous êtes triste, Bianca.

— Qui n'a pas ses tristesses passagères ?

— Vous n'osez me confier la cause de la vôtre...

Bianca resta pensive et ne répondit pas.

— Est-ce Munich qui vous ennuie ? poursuivit M. Kindler.

— Non, je me plais à Munich, répondit la jeune femme.

— Est-ce l'Italie que vous regrettez ?

— L'Italie n'a plus rien qui puisse me charmer.

— Vos chevaux ne vous semblent-ils plus aussi beaux ?

— Ce sont les deux plus belles bêtes de la Bavière !

— Votre voiture vous déplaît-elle ?

— Tout Munich l'admire.

— Vous manque-t-il des diamants ?

— J'en ai trop.

— N'avez-vous pas assez d'adorateurs ?

— Ceci est peu galant.

— Est-ce une rivale enfin, dont vous désirez vous débarrasser ?

— Ceci est peu adroit.

— Qu'est-ce donc alors ?

Il s'opéra chez M. Kindler une de ces révolutions dont nous parlions il n'y a qu'un instant; la bonhomie confiante de sa physionomie disparut, un passager frisson courut sur sa peau, son regard devint sévère, sa lèvre s'amincit, il rougit.

De son côté, le visage de Bianca avait subi une transformation en sens inverse; de triste et mélancolique qu'elle était, elle devint tout à coup rieuse et enjouée; sa pâleur fit place à une subite rougeur qui vint colorer ses joues; elle montra ses belles dents blanches et se remit à jouer avec sa petite cassolette de parfums.

M. Kindler n'avait rien perdu de cette transformation muette, et, voyant le silence dans lequel Bianca se décidait à rester enfermée, il en conçut un violent dépit, qu'il chercha vainement à cacher.

Il recommença à parcourir la chambre, jetant de temps en temps un coup d'œil oblique sur sa femme, essayant de se rapprocher d'elle, se perdant, malgré toute sa perspicacité, et peut-être même à cause de sa perspicacité, dans une foule de conjectures toutes moins sensées les unes que les autres.

C'était, il faut en convenir, une scène digne d'observation que celle qui se passait en ce moment entre M. Kindler et sa femme ; c'était un curieux spectacle que celui de cet homme rompu à toutes les intrigues, habile à tous les rôles, qui se trouvait arrêté par la simple résistance d'une femme frêle et délicate, qui, pour la première fois peut-être, faisait usage de son esprit, et opposait sa volonté à celle de son mari.

Les femmes sont des maîtres habiles.

M. Kindler se décida à tenter un dernier essai auprès de Bianca ; il revint auprès d'elle, et lui dit d'une voix ferme :

— Je crois avoir deviné le sujet de votre préoccupation, madame, et maintenant je comprends parfaitement que vous hésitiez à me l'avouer.

— Je crois, monsieur, répondit Bianca, que vous n'avez pas été beaucoup plus perspicace cette fois que la première, et si je ne viens moi-même à votre secours, je crains que vous ne cherchiez encore longtemps.

— Enfin ! fit M. Kindler.

— Vous tenez donc bien à ce que je vous le dise ? demanda la jeune femme.

— J'y tiens, répéta le vieux diplomate.

— Eh bien ! monsieur, ma tristesse n'a pas d'autres causes que la maladresse dont je me suis rendue coupable ce matin.

— Une maladresse !

— J'ai brisé ma belle statuette de *Diane chasseresse* !

M. Kindler réprima un mouvement de vif mécontentement et s'éloigna. — Il ne croyait pas un mot de ce que venait de lui dire sa femme.

Madame Kindler, de son côté, après avoir légèrement pâli, reprit son attitude calme et pensive. — Avait-elle menti, avait-elle dit vrai ?

Dieu, qui connaît seul le cœur des femmes, pourrait à cet égard donner des renseignements exacts au lecteur !

IV

UN ENTRETIEN MYSTÉRIEUX.

— Polyphème, du vin de Grèce !

— Jupiter, du vin d'Espagne !

— Apollon, du vin de France !

— Qu'on remplisse jusqu'aux bords nos coupes ciselées d'un vin généreux !... s'écria Carl. Messieurs, je propose un toast.

— Bravo ! bravo !... attention ! silence !

— Voyons le toast.

Carl se leva de table, et tenant son verre dans la main droite, il parla en ces termes :

— Messieurs, je bois aux riches !

« A ceux que la nature a faits riches, beaux, généreux ; à ceux qui n'ont qu'à former un désir pour que ce désir soit accompli ; à ceux dont l'existence n'est qu'un long rêve enchanté, et qui, seuls, peuvent craindre de le voir trop tôt se terminer !...

« Aux riches !

« Qu'importe la vie à ceux qui ne sont venus sur cette terre que pour souffrir et mourir !.. leur épaules s'usent à porter le fardeau trop lourd de l'existence, leur âme se dégrade et s'avilit sous la livrée honteuse de la misère : arrière ! Aux riches ! messieurs, ceux-là sont les vrais rois de la terre, à eux seuls appartiennent vraiment le luxe, la beauté, le génie ! »

Arnold avait écouté son frère avec attention. Quand ce dernier eut fini, il lui jeta un doux regard de reproche, et prenant à son tour son verre, dans lequel le champagne pétillait jusqu'au bord :

— Le toast de Carl est impie, dit-il d'une voix grave, je le repousse ! Ils épuisent dans un jour plus de jouissances exquises que le pauvre n'en peut rêver pendant de longues années ; ils ont le luxe et la beauté, pourquoi leur accorder encore la quiétude sacrilége que leur inspirerait la certitude de l'éternité de leurs joies ? Cela ne peut pas être ! cela ne sera pas ! Formons des vœux plus sages, mes amis, plus dignes de nous, plus dignes de l'humanité : ne jetons pas l'anathème sur les douleurs de ceux qui souffrent, gardons-nous d'appeler honteuse la livrée qu'ils portent ! la honte est à ceux qui les méprisent ou qui les méconnaissent. Au-dessous de nous, mes amis, il y a toute une population infatigable, dont le travail est l'unique richesse, dont le courage est la moindre vertu !... Ne leur fermons jamais ni nos mains ni notre cœur ! que nos sympathies les encouragent et leur fassent oublier un passé douloureux ; aidons-les à supporter les rudes labeurs du présent, afin qu'ils puissent attendre avec confiance les terribles épreuves qui les attendent ! Nos aïeux ont rudement labouré le sol avec leur épée redoutable, jetons-y l'idée, afin que nos enfants nous bénissent un jour de leur avoir réservé un avenir meilleur ! Aux travailleurs donc, messieurs, aux travailleurs de tous les pays, à ceux qui souffrent, à ceux qui, sans murmure et sans plainte, accomplissent avec une pieuse résignation leur douloureuse destinée !...

Et tous les joyeux convives, se réunissant dans un même vœu, élevèrent leurs coupes comme l'avait fait Arnold, et répétèrent à l'envi la formule de son toast.

Le festin avait lieu chez les frères Hermann, dans l'appartement qui leur servait d'atelier. Quelques jours avant de tenter auprès du père Traub la démarche qui avait eu une issue si inattendue, Carl avait invité ses jeunes amis à un festin qui devait être en quelque sorte un adieu à la vie de garçon qu'il avait menée jusqu'alors. Le refus qu'il essuya ne changea rien à ses projets ; il assista à ce festin avec la même tranquillité, la même joie, que si Marguerite lui eût déjà appartenu.

Un instant peut-être il avait craint que Marguerite ne l'aimât point, et cette pensée avait pu jeter sur ses résolutions une indécision cruelle, mais il n'avait pas tardé à apprendre quel dévouement généreux la sainte jeune fille accomplissait, quel sublime sacrifice elle faisait de son amour pour sauver son père !

Carl était vivement impressionnable, il subissait spontanément l'influence des natures plus vigoureuses que la sienne : Marguerite prit à ses yeux des proportions gigantesques, il lui fit un piédestal de son admiration enthousiaste, et l'adora dans son cœur comme une martyre de l'amour filial ! Il ne comprenait pas, l'amoureux enfant, l'enthousiaste artiste, que plus il élevait ainsi Marguerite, plus il l'éloignait de lui ; il ne comprenait pas que ce même sentiment, qui la rendait si belle à ses yeux, devait un jour lui défendre de l'aimer ; qu'en la plaçant dans une sphère idéale, il l'enlevait éternellement à son amour terrestre... Carl ne voyait encore, dans le dévouement filial de Marguerite, qu'une expression de ce profond amour qui éclatait dans son regard, dans ses traits, dans sa démarche, et qu'il avait deviné le premier ; il s'oubliait dans la contemplation extatique des élans généreux d'une belle âme ; mais un jour devait venir, et pour Carl ce jour ne de-

vait pas tarder, où ce spectacle le lasserait, où une révolution complète s'opérerait, où le désir impérieux de
jouissances plus réelles naîtrait dans son cœur.

Le festin avait été on ne peut plus joyeux.

Le vaste atelier était orné d'une manière inusitée pour
cette solennité ; on l'avait décoré de tout ce que l'habitation des deux frères contenait de curieux et de rare :
une table richement servie occupait le milieu de l'appartement, d'élégantes statuettes ornaient la cheminée,
les tableaux de la chambre de Carl couvraient les parois
des murs et donnaient à la salle un air de luxe qu'elle
était loin d'avoir habituellement. Les deux fenêtres
donnant sur le jardin étaient ouvertes, et, à la vapeur
des mets savamment apprêtés et des vins étrangers qui
pétillaient dans les coupes de cristal, se mêlaient agréa-
blement les parfums enivrants que le vent du soir apportait du dehors.

Il pouvait être huit heures, le crépuscule commençait à tomber peu à peu... l'ombre envahissait déjà la
grande salle. Les gais propos, les étourdissantes sail-
lies de l'ivresse ne tarissaient pas. *Polyphème*, *Jupiter*
et *Apollon*, trois rapins émérites dont la physionomie
expliquait suffisamment le surnom, tournaient autour
de la table, servant alternativement les maîtres et les
élèves ; chaque convive était au moins un peintre ou
un sculpteur ; chacun était, ou l'ami, ou l'élève des
frères Hermann.

Après que le toast d'Arnold eut réuni tous ces jeunes
hommes dans une même acclamation, chacun se crut
en droit de proposer un toast en faveur de quelqu'un
ou de quelque chose, ne fût-ce que pour y trouver l'occasion de se livrer à des libations antiques et solennelles !

L'un proposa un toast à la liberté de l'Allemagne,
et cette proposition fut accueillie par des hurras una-
nimes ; un autre but au rétablissement des *lansmanns-
chaften ;* un troisième, à la *république de la jeunesse ;* puis
vint un quatrième, un cinquième, jusqu'au dernier,
qui, se levant de table avec une oscillation de corps
plus que suspecte, déclara qu'il voulait boire à l'exter-
mination des *Compagnons noirs !*

Cette proposition était passablement outrecuidante
de la part d'un homme auquel l'ivresse donnait une
couleur de vermillon très-prononcée ; aussi fut-elle accueillie par un murmure disgracieux. Les Compagnons
noirs étaient de redoutables bandits, et au sein même
de Munich il n'était pas permis de les railler impunément. Un silence profond succéda bientôt à ce toast,
et l'on eût dit que chacun eût craint de s'allier, fût-ce
même par une approbation tacite, à ce vœu terrible !

En ce moment, et au milieu de ce solennel silence,
la porte de la salle s'ouvrit à deux battants, et un
homme s'avança à pas lents et mesurés vers le milieu
de la table où siégeait Arnold.

Cette apparition n'avait rien de rassurant.

Aux dernières lueurs du jour, on pouvait encore distinguer certains traits de la physionomie de l'homme
qui venait d'entrer d'une façon si théâtrale, et nul des
convives ne pouvait assurer l'avoir jamais vu. Il était
enveloppé dans un long manteau d'étoffe brune ; il
portait de rudes souliers ferrés, attachés à sa jambe
nerveuse par des guêtres de cuir ; un large chapeau
lui couvrait le visage, dont il ne laissait voir qu'une
barbe épaisse et fournie, et de temps en temps, deux
yeux vifs et clairs qui brillaient dans l'ombre comme
deux charbons ardents. Cet homme avait une stature
colossale, et, sous les larges plis de son manteau, on
devinait des membres robustes et vigoureux.

Pendant quelques minutes il promena sur le groupe
des convives un regard assuré, qu'il ramena enfin vers
Arnold.

— Monsieur, lui dit-il alors d'une voix rude et sonore, vous m'avez promis, il y a huit jours, de m'accorder une heure d'entretien ; je viens vous demander
s'il vous plaît de tenir votre promesse ?

Un rapide coup d'œil avait suffi à Arnold pour reconnaître le chef des Compagnons noirs ; il se leva
de table et lui répondit qu'il était prêt à l'écouter.

En même temps il ordonna à *Jupiter* de le suivre,
et quitta la salle, où la gaieté ne tarda pas à revenir.

Une fois arrivé dans sa chambre, Arnold, que cette
visite importunait, se hâta de demander à son étrange
visiteur ce qu'il désirait de lui ; il lui offrit un siége et
s'assit lui-même.

— Ce que je veux, répondit le chef des Compagnons
noirs, est fort simple et ne sera pas difficile à expliquer. Je viens vous proposer un marché, et je ne doute
pas qu'après avoir entendu les propositions avanta-
geuses que j'ai à vous faire, vous ne consentiez à le con-
clure.

Arnold ne répondit pas, son interlocuteur poursuivit :

— Je me suis trouvé souvent en contact avec des
natures perverses, monsieur, et aussi, quoique cela
puisse vous paraître singulier, avec des natures généreuses. Dans ma carrière mystérieuse, j'ai longuement
expérimenté les hommes, et je dois rendre cette justice d'avouer que je n'en ai jamais connu d'aussi no-
blement, d'aussi généreusement, d'aussi profondément
dévoué que vous.

— Moi ! fit Arnold surpris.

— Vous !... répéta le bandit. Vous vous êtes abandonné à l'espoir de la réalisation d'un projet impossible, et pour arriver à votre but, pour qu'aucun objet
ne vînt vous détourner du chemin, pour qu'aucun
bruit humain ne troublât le calme nécessaire de votre
pensée, vous vous êtes éloigné du monde, vous avez
essayé d'étouffer tout sentiment futile, vous avez fait
autour de vous et dans votre cœur une solitude silencieuse. Cela est courageux, et pour cela je vous admire.

— Où voulez-vous en venir ? demanda Arnold, qui
cherchait vainement le sens de ces paroles.

— A vous dire que, malgré les efforts courageux que
vous avez tentés, le but est encore loin de vous ; que,
malgré le renoncement auquel vous vous êtes voué, il
est certains sentiments qui dorment au fond de votre
cœur, et qu'une secousse violente pourrait encore raviver.

Arnold réprima un mouvement d'impatience, et, laissant un sourire plein d'amertume courir sur sa lèvre,
il répondit :

— Je n'ai jamais caché mes projets ni mes sentiments ; je ne reconnais à personne le droit de suspec-
ter la sincérité des premiers, non plus que la moralité
des seconds.

— C'est possible, objecta le bandit, mais la justesse
de mes observations n'en subsiste pas moins. Eh bien !
écoutez-moi : l'association à laquelle j'appartiens, et
dont je suis le chef, a besoin, pour consacrer en quelque sorte l'œuvre qu'elle a entreprise, d'un nom qui
la relève, lui donne une signification, la sanctifie ; en
échange du nom que vous pouvez lui prêter, elle vous
donnera les moyens d'atteindre votre but, c'est-à-dire
des bras courageux ; elle vous donnera plus que cela
peut-être, la certitude d'un bonheur que vous avez
longtemps espéré, et auquel vous avez renoncé.

— Je ne vous comprends pas !

— Le gouvernement de Bavière vous oppose une

résistance que vous ne pourrez vaincre; je vous propose de vaincre toute résistance.

— Nous irons pacifiquement à la conquête de l'avenir que nous désirons, répliqua Arnold; nous n'avons pas besoin de bras courageux, les cœurs dévoués suffiront.

— Vous serez craint!

— Je suis estimé...

— Vous serez riche!

— Je le suis assez!

— Vous serez aimé!

— Que voulez-vous dire?

— Vous serez aimé de Marguerite...

— Ah! taisez-vous! s'écria Arnold en pâlissant et en jetant autour de lui un regard inquiet, comme s'il eût craint que quelqu'un eût entendu...

Puis, après s'être promené pendant quelque temps à travers la chambre, il se rapprocha enfin du chef des Compagnons noirs, qui avait conservé la même attitude impassible, et lui dit d'une voix basse mais ferme:

— Vous savez, monsieur, ce que je pense des propositions que vous m'avez faites, il serait donc superflu de prolonger un entretien devenu désormais inutile. Cependant, avant de nous séparer, si je croyais pouvoir compter sur votre parole, je vous adresserais une prière...

— Laquelle?

— Quel que soit le sentiment qui m'attache à la femme dont vous venez de prononcer le nom, je désire, monsieur, que ce sentiment demeure un secret pour tous, excepté pour vous et pour moi!

— Soit, fit le bandit... Ainsi vous refusez obtinément toutes mes propositions...

— Je les refuse...

— Et vous n'en concevez aucun regret?...

— Aucun, monsieur; en concevrais-je, d'ailleurs, que ceci serait mon affaire et n'intéresserait que moi.

— Mais...

— J'ai tout dit; maintenant nous pouvons, nous devons nous séparer!

Comme Arnold achevait de parler, une grande rumeur s'éleva du jardin.

Le bandit se précipita vers la fenêtre; Arnold l'imita machinalement.

— Qu'est-ce que cela? demanda ce dernier.

— Ce sont vos joyeux convives qui s'éloignent; ils vous jettent en adieu leurs derniers chants d'ivresse; vous les avez royalement traités... Une chose m'étonne seulement: vous étiez douze à table, ils ne sont que dix.

— Carl sera resté! fit Arnold.

— Non, non, ma foi, reprit Burger presque aussitôt, je me trompais, voici le onzième convive. Diable! il paraît qu'il se rend à une sérénade de nuit; il porte le costume obligé de tout donneur d'aubade: large chapeau, long manteau... il va probablement à un rendez-vous d'amour.

— D'amour! murmura Arnold.

— Je dis d'amour, comme je dirais autre chose; mais quand on a bien dîné, on éprouve bien des désirs; la parole exprime mieux ce que le cœur ressent... l'homme est bien dangereux alors!

Arnold ne répondit pas, mais il était facile de voir qu'il était en proie à la plus vive agitation.

D'un geste impérieux il indiqua la porte au bandit, et quand celui-ci se fut retiré, il se laissa tomber avec accablement sur un siège:

— Mon Dieu! mon Dieu! s'écria-t-il en fondant en larmes, ne me laissez pas succomber à la tentation!..

V

SOIR D'ÉTÉ.

Marguerite était assise auprès de la fenêtre ouverte... La nuit l'avait surprise au milieu d'une lecture souvent interrompue; le livre était resté ouvert sur ses genoux, elle conservait encore son attitude pensive et réfléchie, indifférente aux charmes poétiques des ineffables tressaillements du soir, cherchant à démêler, à travers les calmes harmonies de la nuit, cette harmonie moins calme, mais plus enivrante, qui chantait dans son cœur agité! Un léger voile de tristesse semblait répandu sur son front, naguère encore si pur; une inquiétude secrète imprimait à son attitude un air de douloureux abandon.

La nuit était belle pourtant!

Mais qu'importaient à Marguerite la nuit et ses beautés voilées! Son regard inquiet et rêveur n'allait point se perdre dans le ciel étoilé, son cœur mélancolique n'écoutait pas les plaintes des génies harmonieux de la nuit qui se balançaient au vent du soir sur les branches élancées des mélèzes. Une douce préoccupation attirait ses yeux et son cœur vers une autre sphère de pensées: elle sondait l'avenir, s'effrayait de sa destinée, et, sentant son cœur se gonfler d'amour, elle se demandait s'il lui serait longtemps possible de cacher à tous les yeux ces désirs insensés qui la sollicitaient de toutes parts.

Après avoir accompli son sublime sacrifice, le courage lui avait tout à coup manqué; maintenant, elle craignait que Carl ne se lassât de l'aimer: elle avait souvent entendu dire que les hommes ne recherchent de l'amour que ses jouissances positives, et elle s'effrayait à la pensée que Carl pourrait bien, un jour, l'abandonner. Alors, des pressentiments douloureux s'emparaient d'elle, elle s'épouvantait d'avance à l'idée de perdre Carl, et de rester seule en face de l'avenir; et peu s'en fallait qu'elle ne regrettât le sacrifice qu'elle avait fait de son amour et de son bonheur!

Parfois, cependant, une pensée plus calme semblait traverser son esprit et consoler sa douleur.

Son front redevenait pur et serein, l'expression de ses yeux s'adoucissait, le sourire amer qui plissait ses lèvres disparaissait.

C'est qu'alors, par un de ces revirements naturels de la pensée, aussi prompte à la joie qu'à la douleur, acceptant avec la même facilité ce qui lui apportait une consolation et ce qui pouvait l'effrayer, elle arrivait à penser que Carl était trop jeune encore et trop près de sa pureté native pour vouloir la tromper; elle se disait qu'il y avait trop d'amour dans le regard de Carl, trop de sincérité dans son cœur, que le mensonge était trop incompatible avec sa nature généreuse, pour qu'il pût jamais se résoudre à l'abandonner.

D'ailleurs, Marguerite était faible, et par cela même elle était confiante; elle aimait Carl, et elle avait mis en lui tout son espoir; elle avait besoin d'un appui, d'un soutien, d'un ami, dans la vie solitaire qu'elle menait, et elle s'était adressée au jeune sculpteur avec cet instinct du cœur qui trompe rarement les femmes!

Carl avait autorisé cette confiance, il avait fait plus, il l'en avait remerciée: il l'avait aimée. Lorsque Carl lui parlait de son amour, ses paroles étaient douces, son regard était franc: on ne pouvait pas douter de sa loyauté.

Il y avait pour Marguerite bien des raisons d'hésiter entre l'espérance et la crainte. Pourquoi donc, lorsque cet éclair de joie et d'intime satisfaction était passé, retombait-elle de nouveau, et malgré elle, dans sa triste et première immobilité?

C'est que, dans notre société, la femme a été si misérablement dotée, qu'au-dessus de ses joies les plus légitimes, il y a toujours un fatal pressentiment suspendu!

Marguerite était donc à sa fenêtre, et son âme se laissait bercer par les mille rêves pénibles ou joyeux, radieux ou sombres, que sa préoccupation évoquait autour d'elle. Il y avait déjà longtemps qu'elle s'oubliait ainsi dans une molle extase qui l'emportait vers les mondes inconnus, lorsqu'une voix sonore s'éleva tout à coup dans la rue qui longeait le mur du jardin, et vint changer le cours de ses pensées.

La voix était belle, le chant original.

Autant qu'elle put comprendre, il s'agissait d'une jeune fille à laquelle son amant jure une fidélité éternelle, et qui finit par être trompée.

L'amant cherchait une autre maîtresse, il partait et ne revenait plus.

Cette histoire, fort simple en apparence, était dite par le chanteur d'une façon si étrange, le refrain revenait à la fin de chaque couplet avec une allure si légère si souriante et si railleuse, il y avait dans la facture brillante de la musique tant de vivacité et à la fois de gravité, tant de scepticisme et de bonhomie caustique, que Marguerite se sentit glacée jusqu'au fond du cœur.

On eût dit l'histoire de la Marguerite de Faust, chantée par Méphistophélès!...

Elle chercha à distinguer quel était l'importun chanteur; mais la nuit était déjà venue, et il lui fut impossible de rien démêler: le chant finissait; elle crut entendre les pas lourds d'un homme s'arrêter à la porte extérieure du jardin; elle écouta.

Une personne s'était, en effet, arrêtée à la porte de la maison du père Traub; il y eut alors un court moment de silence, et la sonnette retentit.

Un domestique alla ouvrir, et Marguerite vit entrer un homme qu'elle ne se rappela pas avoir jamais vu.

— M. Carl Hermann? demanda cet homme.

— M. Carl ne demeure pas ici, répondit le domestique.

— N'importe, poursuivit l'inconnu, il viendra probablement aujourd'hui ou demain; remettez cette lettre à mademoiselle Marguerite Traub; la personne qui m'envoie désire qu'elle lui parvienne de cette manière.

— Quelle personne! dit encore un domestique.

— Madame Bianca Kindler.

En disant ces mots, l'homme remit au domestique une lettre qu'il tenait à la main et s'éloigna, non sans avoir jeté, sur la maison et sur le jardin, un long regard investigateur.

Le domestique s'empressa de donner à Marguerite le billet apporté d'une façon si mystérieuse de la part de madame Bianca Kindler.

Cette lettre était petite, blanche, délicate, elle exhalait un parfum délicieux; l'adresse était écrite en petites pattes de mouche: — une véritable lettre de femme, il n'y avait pas à douter!

Marguerite l'examina avec un soin scrupuleux, la tourna en tous sens, en lut et relut l'adresse, et enfin la jeta, avec un petit mouvement d'impatience, sur un meuble qui se trouvait à portée.

Marguerite était bonne, douce, aimante, elle avait toujours eu en Carl une confiance inaltérable, jamais le plus léger soupçon n'était venu ternir la pureté de

sa foi; et cependant il suffit de cette lettre pour jeter dans son cœur le germe d'une jalousie qui poussa en un instant des racines profondes! Sa raison se troubla; elle prêta une oreille complaisante à toutes les voix de la terreur.

Pourquoi, d'ailleurs, se serait-elle retenue?

Madame Bianca Kindler possédait une réputation terrible, bien souvent enviée, et qui lui attirait à la fois l'adoration des hommes et la jalousie des femmes! Le nombre des séductions qu'elle avait opérées était fabuleux; on ne pouvait la voir sans l'aimer, elle avait des fascinations attractives qu'elle mettait en usage, et dont la puissance avait été suffisamment reconnue par le nombre des victimes qu'elles avaient faites. Elle était la véritable reine de Munich, reine par la beauté, et l'on n'avait jamais ouï dire qu'un homme eût pu vivre dans son commerce sans devenir amoureux d'elle.

Quelque retirée qu'eût vécu Marguerite, le bruit de la réputation de Bianca était cependant venu jusqu'à elle. Tant qu'elle avait espéré devenir la femme de Carl, elle n'avait certes pas jalousé cette puissance de fascination que Bianca exerçait autour d'elle. Heureuse de l'amour de Carl, elle acceptait ces bruits comme tout ce qui se passait en dehors du cercle de ses affections, c'est-à-dire avec indifférence; mais du moment où le refus de son père remettait tout son avenir en question, la position changeait: elle aussi pouvait trembler; il devenait important qu'elle se plaçât entre Carl et cette nouvelle Armide, afin que leurs regards ne pussent jamais se rencontrer.

Cependant l'heure fuyait avec rapidité; il était déjà tard, et Marguerite ne songeait pas encore au repos.

Elle alla éteindre sa lampe et revint s'asseoir à la fenêtre.

Il était dix heures environ; tout bruit avait cessé; le vent, qui venait du jardin, apportait dans la chambre de Marguerite un doux parfum de feuilles vertes; c'était une délicieuse soirée. La pauvre enfant aspira ces parfums que le vent lui apportait, essuya ses yeux humides de larmes, et attendit.

En ce moment une forme indécise parut à l'autre bout de la rue, et, s'avançant avec précaution le long du mur opposé à celui du jardin, vint s'arrêter à la porte de la maison du père Traub; Marguerite avait suivi ses évolutions, elle se pencha à la fenêtre, agita un mouchoir blanc, puis rentra immédiatement dans la chambre; la porte s'ouvrit presque aussitôt avec mystère, un homme traversa silencieusement l'espace qui le séparait du corps de logis; et un instant après il entrait dans la chambre de Marguerite.

Marguerite lui prit les mains, il la baisa au front.

Le cœur de Marguerite battait avec une violente précipitation; Carl la pressa dans ses bras.

— Marguerite lui dit-il à voix basse, pourquoi trembles-tu ainsi? As-tu peur de moi?

— Oh! non, fit Marguerite d'une voix étouffée.

— Pourquoi trembles-tu alors? reprit Carl; pourquoi caches-tu ta tête sur ma poitrine, comme si tu avais commis quelque faute dont tu voulusses me demander pardon? Marguerite, est-ce que tu ne m'aimes plus?

— Oh si! répondit Marguerite en fondant en larmes.

— Tu pleures! s'écria Carl étonné, tu pleures, enfant aimée, quel est donc ce chagrin puissant qui t'arrache des larmes et que tu n'oses me confier... Ne suis-je plus ton amant, ton fiancé, ton frère? Marguerite, n'as-tu plus confiance en moi?

— Ah! ne parlez pas ainsi, Carl, dit Marguerite, j'ai confiance en vous, et je vous aime, croyez-le bien, car cela est. Je vous l'ai dit d'ailleurs, et je ne sais pas tromper, moi. Mais depuis aujourd'hui, mon ami, un nouveau sentiment a pris naissance dans mon cœur, et je tremble et je souffre...

— Explique-toi !

— Oui, je veux tout vous dire, Carl, je suis folle sans doute, vos paroles me rassureront et feront taire les craintes qui étourdissent ma pauvre raison ; oh ! je suis malheureuse, bien malheureuse !

— Malheureuse, toi, Marguerite !

— Oui, mon ami, car, voyez-vous, je n'ai point, pour plaire aux yeux, ces parures qui plaisent tant chez les autres femmes, qui les rendent plus jolies, qui éblouissent les hommes : eh bien, l'idée m'est venue tout à l'heure que, peut-être plus tard, un jour, quand vous serez las de moi, une autre femme pourrait, elle aussi, attirer vos regards, se faire aimer de vous ; que sais-je ? mille pressentiments absurdes ; et qu'alors, si cela arrivait, Carl, pour cette femme, pour la satisfaction d'un nouveau sentiment qui viendrait à s'emparer de votre cœur, peut-être...

— Achève ! achève !

Marguerite parut hésiter un instant, et laissant tout à coup tomber sa tête sur la poitrine de Carl...

— Non ! non ! s'écria-t-elle en sanglotant, c'est impossible, ne m'écoutez pas, Carl, je suis folle, je ne sais ce que je dis ; vous m'aimez, n'est-ce pas ? vous me l'avez dit, vous ne m'abandonnerez jamais !...

— T'abandonner ! moi !

— Non ! je le savais bien... vous êtes bon, loyal, vous m'aimerez toujours, n'est-ce pas ?... dites ! oh ! répondez-moi, Carl... mais non, ne répondez pas, je vous crois... vous m'aimez, c'est tout ce que je veux... je ne demande rien, rien que votre amour, et vous me l'avez donné tout entier !

Carl était resté muet devant Marguerite ; il tenait ses mains dans les siennes, et avait pris un air de gravité qui ne lui était pas habituel, et qui eût étrangement surpris sa fiancée si elle avait pu s'en apercevoir. Mais Marguerite pleurait sur sa poitrine.

— Marguerite, dit enfin Carl après un long moment de silence, ces idées n'ont pu germer seules dans votre cœur si bon et si franc ; il faut que quelqu'un les y ait jetées. Dites-moi la vérité, mon enfant, est-ce votre père ?

— Non, Carl, non, ce n'est pas mon père !

— Qui est-ce donc alors ?

— Une lettre.

— On vous a écrit ?

— Non, la la lettre vous est adressée.

— A moi !

— A vous.

— Et de qu'elle part me vient-elle ?

— Voilà justement ce qui a causé toutes mes alarmes, mon ami. Je ne veux rien vous cacher : cette lettre a été remise par un homme qui prenait mille précautions pour ne pas être reconnu, et elle vient de la part de madame Bianca Kindler.

— Madame Kindler, fit Carl.

— Elle-même, répondit Marguerite.

— Et qu'a donc cette lettre de si effrayant pour vous ?

— Elle est là, vous pouvez la lire...

— Et je ne le veux pas, moi, folle enfant que vous êtes, poursuivit Carl en souriant ; et pour votre punition, vous ne saurez pas ce qu'elle contient, à moins cependant, ajouta-t-il, que vous ne consentiez à venir m'embrasser vous-même, et tout de suite...

— Oh ! ce n'est pas une punition... s'écria Marguerite avec une douce gaieté et en présentant son front pur aux baisers purs de Carl.

— Voyez-vous ! s'écria ce dernier, vous donnez à la curiosité ce que vous avez refusé si souvent à mon amour.

— Carl, ne me grondez pas...

— Si, je veux vous gronder, car, en ceci, vous ressemblez à toutes les autres femmes, et je ne veux pas que vous leur ressembliez : je veux que vous gardiez éternellement votre candeur et votre naïveté, que vous soyez franche et sincère entre toutes ! Je veux, Marguerite, que vous m'aimiez toujours, et que vous n'employiez jamais ces mille ruses qui sont la puissance ordinaire des femmes ! Et si je forme ce désir, si j'exprime cette volonté, croyez-le bien, c'est que je vous aime ; c'est qu'obligé de vivre loin de vous, je veux que ma confiance en votre amour ne puisse jamais être ébranlée...

En parlant ainsi, Carl déposa sur le front de Marguerite deux baisers, que celle-ci reçut en souriant.

Après cet incident, les deux amants allèrent auprès de la fenêtre, et s'y assirent.

— Vous m'aimez donc, dit Carl en prenant les mains de Marguerite ; tu m'aimes donc, puisque tu crains qu'une autre femme ne m'enlève à ton amour, puisque tu crains que je ne t'abandonne ?

— Séparés comme nous le sommes l'un de l'autre, répondit Marguerite, le moindre soupçon effraie, la moindre inquiétude donne la fièvre... Autrefois, il n'en était pas ainsi, vous deviez être mon mari, je devais être votre femme ; cette espérance paraissait vous rendre heureux ; moi, je ne craignais rien de l'avenir... Mais, aujourd'hui qu'aucun lien ne nous attache l'un à l'autre, aujourd'hui que mon père vous a refusé ma main, n'est-il pas naturel que je tremble en pensant que peut-être vous ne m'aimerez pas assez pour m'attendre si longtemps ?

— Pauvre Marguerite ! murmura Carl.

— Oui, Carl, je suis malheureuse... depuis que j'ai perdu l'espoir de voir ma vie unie à la vôtre : j'avais fait bien des rêves ; j'eusse été bien heureuse de les voir se réaliser... Ah ! j'ai prié Dieu cependant ! mais il ne l'a pas voulu... et maintenant... je suis triste, désespérée... Pendant tout le jour, il me faut avoir le sourire sur les lèvres pour cacher ma douleur à mon père, et, le soir, ce n'est qu'avec des terreurs mortelles que je vous reçois à l'insu de tout le monde...

— Pauvre Marguerite ! répéta Carl.

— Ah ! je suis bien changée depuis huit jours, poursuivit Marguerite. Autrefois, je me levais dès le matin, et ma voix était la première que l'on entendît dans la maison ; maintenant, une amère préoccupation arrête toutes mes pensées ; je m'oublie à songer, et je ne sais plus une seule des chansons que je chantais si souvent. C'était avec une coquetterie pleine d'amour que je veillais à l'entretien de cette chambre, qui devait être la nôtre, et maintenant cette chambre, comme toutes les autres, est en désordre ! Et je puis le dire à vous, à vous seul, il y a des instants où je regrette le cruel sacrifice que j'accomplis !

Carl attira Marguerite dans ses bras.

— Marguerite, lui dit-il, tu es une sublime enfant, et ton dévouement sera récompensé... J'ai honte de te parler des douleurs qui sont les miennes, après avoir écouté les paroles désolées de ta tristesse et de ton désespoir ; et cependant, Marguerite, tu n'es pas seule à souffrir, car toutes tes douleurs, je les ai éprouvées, tous tes désespoirs, je les ressens... La vie est triste, ainsi qu'on nous l'a faite, pour toi surtout, qui avais vécu si heureuse jusqu'aujourd'hui ! Et cependant, mon enfant chérie, si tu pouvais lire un instant dans mon cœur, si, oubliant un moment tes propres douleurs et tes sombres préoccupations, tu pouvais regarder ce qui se passe en moi, tu serais effrayée de l'abîme qu'en huit jours seulement le désespoir y a creusé! Enfermée dans ton âme candide, bercée par tes rêves purs, tu n'as jamais rien désiré au-delà du baiser de ton père ou de celui que, chaque soir, mes lèvres déposaient sur ton front; ta main chaste n'a jamais essayé de soulever un coin du voile qui te cache encore les mystères sacrés de l'amour... tandis que moi, Marguerite, moi, tu comprendrais à peine si je te disais quels rêves ambitieux j'avais faits, à quels autels je m'étais agenouillé, quels désirs étaient éclos dans mon cœur! Vainement, depuis huit jours, j'ai cherché à retenir ces aspirations insensées qui m'attiraient vers toi ; vainement, durant mes nuits solitaires et désolées, j'ai cherché à apaiser cette voix furieuse des passions soulevées qui étourdissait ma raison ; cette lutte me fatigue, m'épuise, me tue, mes forces s'usent, et je sens que je suis près de succomber !

Marguerite ne comprenait pas ce que voulait dire Carl ; mais, par un mouvement de frayeur instinctive, elle se rapprocha de lui et se cacha dans ses bras.

— Oh! taisez-vous, Carl! taisez-vous! lui dit-elle.

— Tu as peur?

— Oui, mon ami, vous m'effrayez, ne me parlez plus ainsi, redevenez calme comme tout à l'heure, ou je vous en supplie, ne me tutoyez plus !

— Que crains-tu donc, Marguerite ?

— Je ne sais, répondit la jeune fille en frémissant; mais, à travers l'obscurité, tenez, je vois briller votre regard, il me semble que votre haleine me brûle, que votre étreinte me glace... Oh! Carl! Carl!.. ne me parlez plus ainsi.... Par pitié, ne me faites plus de semblables frayeurs.

Mais Carl n'écoutait plus Marguerite : tout entier au sentiment qui dominait toutes ses pensées, dont la voix impérieuse couvrait la voix de la raison, il regardait Marguerite, et n'entendait aucune des paroles suppliantes qu'elle lui adressait. Enfin il se leva avec égarement :

— Marguerite, s'écria-t-il avec une violente émotion, Marguerite, laisse-moi partir.

— Partir ! fit Marguerite ; vous me quittez déjà, Carl?

— Il le faut, il faut que je parte !

— Partir si tôt, Carl, y songez-vous ; voilà que vous êtes arrivé à peine, et déjà vous songez au départ... Vous ne m'aimez donc pas, Carl ?

— Non, ne me retiens pas, Marguerite ; laisse-moi partir.

— Carl, vous reviendrez demain.

— Jamais! jamais !...

— Que dites-vous ?...

— Je dis, Marguerite, que ces épreuves sont trop rudes pour mon courage et pour ma vertu ! Je dis que si ces occasions terribles se renouvelaient souvent, je ne répondrais plus de moi : me comprenez-vous ? Comprenez-vous que mon sang bout, que ma tête est en feu, que ma raison s'enfuit. Marguerite ! Marguerite ! il faut que je parte...

— Et moi, s'écria Marguerite, moi, je veux que vous restiez, Carl ! Expliquez-vous, dites-moi ce qui vous effraie, ce qui vous épouvante; car je m'y perds, à la fin. Je ne veux pas que vous vous en alliez. Après tout, j'aime encore mieux, si c'est là ce que vous craignez, être malheureuse par vous que de souffrir loin de vous !

— Vous le voulez, Marguerite ?

— Je le veux !

— Enfant! enfant! prenez garde !

— S'il y a un danger à courir, je le partagerai avec vous ; si c'est un malheur à supporter, le fardeau sera moins lourd, puisque nous serons deux à le porter !

Carl se trouvait auprès de la porte, il revint vers Marguerite, et lui dit avec un accent triste et profond :

— Vous le voulez, Marguerite, soit. Je reste.

Si le lecteur n'y voit pas trop d'obstacle, nous reviendrons un instant sur nos pas, et nous reprendrons notre récit au moment où l'inconnu a quitté Marguerite. Dans notre histoire, comme aussi sans doute dans l'esprit du lecteur, cet inconnu n'est autre que le chef des Compagnons noirs.

Et d'abord, il est important de faire savoir qu'avant de se rendre auprès de l'aîné des Hermann, le chef des Compagnons noirs avait rencontré un domestique à la la livrée de madame Kindler, qui faisait la même route que lui. Les frères Hermann demeuraient fort loin ; le domestique ne paraissait pas flatté d'avoir à faire une si longue course.

— Où vas-tu ? lui demanda le bandit en l'accostant.

Le domestique avait quelquefois rencontré cet homme chez son maître, il le reconnut et répondit :

— Je vais chez les frères Hermann.

— Et moi aussi; nous ferons route ensemble, dit Burger.

Une fois la conversation engagée, le chef des Compagnons, qui n'était pas sans se douter de quelque chose, lui fit facilement comprendre qu'il était parfaitement inutile que deux hommes allassent dans un même endroit pour deux affaires qu'un seul homme pouvait exécuter.

Le domestique entendit fort bien cette façon de raisonner, et il lâcha la lettre, tout en faisant cette réserve, à savoir, que le chef des Compagnons noirs viendrait lui rendre la réponse qu'on aurait faite à la lettre. Une fois le marché conclu, les deux hommes s'étaient séparés : nous avons vu ce qui était arrivé.

En quittant la maison du père Traub, le compagnon se dirigea en toute hâte vers la demeure de M. Kindler. La première personne qu'il rencontra fut le valet. Il lui assura que la lettre avait été remise et qu'il n'avait pas été donné de réponse ; après quoi, il passa outre.

Un second valet se présenta; il lui remit une carte en le priant de la porter à M. Kindler; le valet s'éloigna, et revint peu après lui annoncer que M. Kindler avait ordonné de l'introduire. Il suivit le domestique, et se trouva bientôt seul en tête-à-tête avec le chef de la police bavaroise.

— C'est toi, Burger? fit M. Kindler dès qu'il vit entrer le chef des Compagnons noirs.

— Moi-même, monsieur Kindler, répondit ce dernier.

— Eh bien! quelles nouvelles?

— Bonnes et mauvaises...

— Tu as vu Arnold ?

— Je l'ai vu, oui.

— Accepte-t-il tes offres ?

— Il les refuse.

— Ah! et quelle raison donne-t-il de son refus ?

— Il est honnête homme, dit-il, et veut rester honnête homme ?

— Fort bien. Alors les renseignements que tu m'as donnés étaient faux.

— Ils sont exacts.

— Arnold n'aime pas Marguerite.

— Arnold aime Marguerite.

— Et il consent à ce que son frère l'épouse ?

Carl et Marguerite.

— Il y consent.

— Et il repousse l'offre que tu lui as faite de la lui livrer ?

Il la repousse.

— Cela est invraisemblable !

— Cela est vrai !

— Tu t'y es mal pris.

— Je ne le crois pas.

M. Kindler était assis à une table placée devant lui. Il jouait avec un couteau d'ivoire dont il promenait impatiemment le manche ciselé sur les papiers qui couvraient le tapis de la table ; il s'arrêta pour regarder Burger. Burger demeura impassible.

— Ecoutez-moi, lui dit-il alors d'un ton sec et bref ; depuis quelques jours, je trouve que vous prenez avec moi des formes qui ne me conviennent nullement.

— J'en suis fâché, répondit Burger, mais ce n'est pas ma faute. J'y mets toute la bonne volonté possible.

— Je veux le croire, poursuivit M. Kindler, je veux le croire ; quoi qu'il en soit, pourtant, n'oubliez jamais que vous êtes ici en mon pouvoir, et que je puis faire de vous ce qui me plaît.

En parlant ainsi, M. Kindler se remit à jouer avec son couteau d'ivoire, sans doute pour ne pas voir le sourire plein d'ironie qui effleurait en ce moment les lèvres du bandit.

— Soit, répondit ce dernier, je le veux bien : cependant il est peut-être bon de vous dire que, depuis que je me connais, je n'ai jamais été au pouvoir de qui que ce soit, et que personne n'a fait de moi ce qu'il a vou-

lu ; mais revenons au motif qui m'amène devant vous Vous m'avez promis une certaine somme si je réussissais.

— Mais tu as échoué.

— Pas tout à fait.

— Arnold t'aurait laissé entrevoir...

— Arnold ne m'a rien laissé entrevoir.

— Alors, que demandes-tu ?

— Arnold n'est pas le seul qui possède sur les jeunes gens gens de Munich, et par suite sur la jeunesse de toute la Bavière, un ascendant redoutable pour le gouvernement.

— De qui veux-tu parler ?

— De son frère.

— Carl ?

— Lui-même.

— C'est un fou.

— Non, un joyeux et aimable compagnon.

— Et tu crois qu'il se laisserait entraîner ?

— Peut-être.

— Quel moyen ?

— C'est un secret.

— Et combien veux-tu vendre ce secret ?

— Je ne le vends pas.

— Tu le donnes ?

— Je le garde.

M. Kindler se mordit les lèvres. Burger sourit.

— Et combien demandes-tu de temps pour réussir ? objecta le vieux diplomate.

— Quatre mois au plus.

— C'est long ; mais n'importe, le gouvernement re-

Un mauvais conseil.

tandis encore d'ici là le coup d'Etat qu'il médite.

— Mon prix ?

— Le même.

— J'y consens.

— Alors... fit le bandit en se disposant à sortir.

— Ne t'en va pas, interrompit M. Kindler en le retenant du geste, j'ai encore à causer avec toi : reste. Ce que tu as fait jusqu'à présent est fort adroit, je n'en disconviens pas : si tu peux amener à toi le frère d'Arnold, ce sera beaucoup, mais ce ne sera pas assez. Voyons, cherche encore. Tu sais que la récompense sera belle, ainsi ne te laisse pas vaincre dans ton habileté. Carl, ce serait bien, mais Arnold, ce serait mieux ; et puis le gouvernement a surtout peur de ce dernier ; Carl, comme tu l'as très-bien deviné, n'est qu'un joyeux compagnon de bouteille, je doute qu'il devienne jamais redoutable ; Arnold, c'est différent. Il a su conquérir les sympathies de cette classe d'hommes qui s'intitule travailleurs... il possède une haute influence sur toute la jeunesse de Munich ; c'est un homme intelligent, hardi, mais sage ; entreprenant, mais plus prudent encore ; c'est un homme dangereux : il faut ou l'éloigner ou le perdre ; l'éloigner, c'est impossible ; le perdre, c'est difficile... Tu n'ignores aucune des difficultés de la position, agis en conséquence.

Pendant que M. Kindler parlait ainsi, le bandit avait paru réfléchir : il releva les yeux quand M. Kindler eut fini.

— Monsieur Kindler, lui dit-il, je désire vivement quitter la Bavière, mais je ne le puis, si vous ne le voulez pas, à moins de ruiner complétement mon parti et l'avenir de notre société. Vous pouvez compter sur mon dévouement ; je ferai, pour vous être utile, tout ce qui dépendra de moi ; mais je puis, dès à présent, vous avouer qu'avec toute notre adresse nous ne parviendrons pas à toucher le but du bout de notre doigt ; si nous étions seuls, nous pourrions y renoncer dès aujourd'hui. Heureusement pour vous et pour moi, nous aurons un puissant auxiliaire.

— Qui cela ? demanda M. Kindler.

— Une femme ! répondit Burger avec un sourire d'inexprimable malice et des yeux où se peignit en ce moment toute la méchanceté de ses instincts.

VI

POURQUOI MADAME KINDLER AVAIT BRISÉ SA STATUETTE DE DIANE CHASSERESSE.

M. Kindler expédiait le matin les affaires les plus pressées ; à midi, il allait d'ordinaire travailler avec les ministres ; il revenait à deux heures, s'informait alors de la santé de sa femme et rentrait chez lui, où il recevait jusqu'à quatre heures.

Madame Kindler se levait d'ordinaire à midi ; elle déjeunait presque aussitôt après son lever, recevait à deux heures la visite de son mari, et procédait ensuite à sa toilette, affaire grave et sérieuse qui demandait de longues heures de méditation.

Il était dix heures du matin : Bianca venait de se lever, et, après avoir donné quelque temps aux premiers soins de sa toilette, elle avait ordonné qu'on la servît.

Elle prit place sur le divan de son boudoir ; une table en marquetterie était devant elle ; au milieu de la table avait été posé un riche plateau d'argent ouvragé, sur lequel fumait une tasse de chocolat odorant.

— M. Kindler est-il déjà sorti ? demanda Bianca en portant sa petite cuillère de vermeil à ses lèvres avec une nonchalance somnolente.

— M. Kindler est encore dans son cabinet, répondit la jeune cameriste, à qui s'adressait cette question.

— C'est bien ! dit Bianca ; vous direz à Georges que je n'y suis pour personne ce matin, vous m'entendez ?

— Oui, madame.

— Ah ! cependant, ajouta Bianca en se ravisant, mais toujours avec le même ton négligent, si le sculpteur venait... vous savez, ce jeune sculpteur, comment s'appelle-t-il donc ?... Maudite mémoire !

— Madame veut-elle parler de Carl Hermann ?

— Hermann ! c'est cela même ; s'il venait, dites de le recevoir.

— Madame n'a pas d'autres ordres à me donner ?

— Non, Louise, je ne crois pas... si j'ai besoin de vous, je sonnerai.

— Cela suffit, madame.

La cameriste sortit, emportant le plateau d'argent ; peu après, elle revint chercher la table ; puis madame Kindler demeura seule.

Dès que la cameriste se fut éloignée, Bianca se glissa avec la voluptueuse souplesse d'une chatte sur les coussins moelleux du divan, elle ramena à elle ses petits pieds perdus dans d'élégantes pantoufles fourrées, et, ainsi blottie, elle ferma les yeux et ouvrit à sa pensée le vaste champ des rêves heureux !

Elle resta plongée dans ses réflexions, dans ses rêves, pendant une demi-heure environ ; elle y serait restée probablement longtemps encore, si le son de la pendule placée sur la cheminée n'était venu, comme par enchantement, l'arracher tout d'un coup à ses méditations.

Elle se leva en sursaut, se frotta les yeux et parcourut la chambre d'un regard à moitié endormi. — Le boudoir de Bianca était petit, mais parfaitement disposé ; chaque paroi de la chambre présentait une tenture de satin grenat, dont l'éclat se voilait derrière une mousseline de la plus grande finesse ; une tenture analogue cachait le plafond, et, réunissant ses plis élégants et riches, soutenait au milieu de l'appartement une lampe d'or artistement travaillée. Dans la saison de l'année où l'on se trouvait alors, la lampe se voilait, par un art merveilleux, de fleurs grimpantes, aux couleurs variées, aux feuilles éternellement vertes ; de ce côté, c'étaient le liseron, la campanule ; de l'autre, la pervenche bleue et la capucine jaune ; ce bouquet de fleurs, placé ainsi, au milieu du boudoir, y répandait un charme particulier et lui donnait un air de fête : au-dessous de la lampe était une table de laque ; sur la table, une *Diane chasseresse*.

La cheminée, pratiquée du côté de la chambre opposé à celui où se trouvait Bianca, était en marbre blanc. On y avait placé une pendule style Louis XV, et, de chaque côté de la pendule, deux magnifiques vases en porcelaine de Chine. L'ameublement se trouvait complété par deux petites consoles d'un travail exquis, sur lesquelles reposaient deux statuettes de marbre exécutées par le sculpteur Carl Hermann ; puis, enfin, au-dessus du divan, une copie admirable du beau tableau d'Albert Durer, la *Mélancolie*.

Bianca parut d'abord éblouie de toutes ces beautés, loin desquelles ses rêves venaient de l'emporter ; son regard alla d'un objet à un autre, sans en bien saisir tous les contours, et vint enfin s'arrêter sur la statue de *Diane chasseresse*.

Diane avait un bras cassé, la moitié de sa jambe était brisée : elle portait son bras et la moitié de sa jambe sur son épaule.

Bianca sourit et parut retrouver la mémoire.

Il avait fallu sans doute un motif bien puissant pour arracher ainsi madame Kindler aux douceurs d'un repos réparateur, et l'amener à un isolement presque complet, au sein de son propre appartement. On lisait facilement sur son visage fatigué toute l'agitation d'une nuit d'insomnie : sa figure était pâle, ses yeux cernés ; une tristesse douce et sans amertume voilait son front.

Depuis deux jours Bianca ne dormait plus. Elle n'allait plus dans le monde, elle ne recevait plus, elle ne sortait plus. Une langueur indéfinissable, voluptueuse, semblait s'être emparée de ses membres ; elle s'enfermait des heures entières, et là, seule avec elle-même, avec sa pensée et son cœur, plongée dans une contemplation ascétique, elle oubliait le monde réel pour suivre l'ange aimé de la rêverie qui lui ouvrait les portes du monde enchanté de l'imagination !

Parfois, cependant, rendue à elle-même, à la terre des sensations positives par une des secousses violentes qui ébranlent toute une organisation, elle recouvrait tout à coup la raison qui paraissait l'abandonner, un éclair rapide sillonnait ses yeux, son front s'illuminait d'une pensée radieuse, et ses lèvres frémissantes murmuraient tout bas un nom qui montait de son cœur trop plein !

Une lutte intérieure se livrait en elle, et elle semblait épuisée des douloureux combats qu'elle avait à soutenir.

Le sourire qui avait effleuré les lèvres de Bianca disparut presque aussitôt, lorsque, de la *Diane chasseresse*, son regard se porta sur la pendule de la cheminée : la pendule marquait onze heures.

Bianca fit une petite moue, rougit légèrement et se mordit les lèvres ; après quoi, prenant nonchalamment un *Vilhelm Meister* sur une console placée à sa portée, elle le parcourut et arriva à la chanson de Mignon.

Au même instant, la porte du boudoir s'ouvrit, et Louise parut.

— Que voulez-vous ? demanda Bianca en relevant à peine la tête et d'une voix ennuyée.

— Je demande pardon à madame de la déranger, répondit la jeune suivante confuse, mais madame m'avait dit...

— Que je ne voulais recevoir personne, et que je sonnerais si j'avais besoin de vous !..

— Madame a dit en effet, reprit Louise, de ne recevoir personne, mais elle a excepté le sculpteur Carl Hermann.

— Est-il venu ?

— Il attend dans l'antichambre.

— Déjà, fit Bianca.

Puis elle ajouta en regardant la jeune fille :

— Quelle heure est-il donc, Louise ?

— Onze heures, madame.

Madame Kindler se leva du divan, fit quelques pas à travers la chambre, et, se laissant tomber comme épuisée de lassitude sur une causeuse roulée près de la fenêtre, elle dit à Louise :

— Voyons ! faites entrer cet homme, et ne vous éloignez pas ; j'aurai besoin de vous !

Quelques minutes après, Carl était introduit par Louise dans le boudoir de Bianca. Il s'inclina profondément devant madame Kindler, tandis que celle-ci lui faisait un petit salut assez impertinent.

Louise sortit, et ils restèrent seuls.

Carl portait une redingote serrée à la taille par un ceinturon de cuir, il avait un large pantalon tombant avec élégance sur une botte vernie fort juste, qui faisait valoir la petitesse remarquable de son pied ; son col blanc tombait sur sa cravate noire, sa main était admirablement gantée.

Carl était, sans contredit, un des plus beaux garçons de Munich, et, quoiqu'il ne tirât pas vanité de sa beauté, il n'ignorait pas quelle influence cette beauté exerçait autour de lui. Il s'avança donc vers Bianca, et, bien qu'ébloui peut-être par le luxe du boudoir dans lequel il était admis, quoique surpris plus encore de la grâce pleine d'abandon de madame Kindler, il la salua une seconde fois avec assurance, et lui dit d'une voix où ne se révélait aucune émotion :

— Vous avez eu la bonté de me faire appeler, madame ; je suis venu me mettre à votre disposition.

— Vous êtes monsieur Carl Hermann ? interrompit Bianca en fermant à moitié son livre et en fixant sur le jeune sculpteur son regard plein de feu.

— Oui, madame, répondit Carl.

— Mon Dieu, monsieur, poursuivit Bianca, je suis, en vérité, bien désolée que l'on vous ait dérangé pour si peu : la chose, sans doute, n'en valait pas la peine.

Et en parlant ainsi, elle indiqua à Carl la *Diane chasseresse* mutilée.

Carl ne put s'empêcher de sourire en voyant la façon originale dont la divinité antique portait ses membres brisés. Bianca le comprit et sourit également.

— Vous le voyez, dit-elle avec enjouement, la pauvre déesse est affreusement mutilée, mais elle n'en conserve pas moins le sourire sur les lèvres ; je ne sais pourquoi je tiens à cette statuette ; elle me rappelle quelques souvenirs heureux ; et puis, il y a longtemps qu'elle m'appartient. On s'attache à ceux que l'on connaît depuis de longues années ; on se fait une habitude de les voir, on ne s'en sépare qu'avec chagrin. Mon mari, qui sait combien je tiens à cet objet, n'a pas voulu m'en priver ; il a désiré de plus, ce qui est fort galant, que la réparation fût bien faite, et, pour cela, il s'est adressé à vous... Voyez maintenant, monsieur, si vous pouvez vous charger de cet ouvrage.

Certes, Carl n'avait eu, en venant chez madame Kindler, aucune arrière-pensée, rien qui pût faire supposer, de sa part, une idée de fatuité quelconque ; il savait bien qu'on ne le faisait demander que pour lui commander un objet d'art ou de luxe, et cependant, en apprenant que c'était sur l'invitation de M. Kindler, le vieux diplomate, qu'il était venu, il éprouva une sorte de dépit singulier. Il ne voulut pas le laisser voir, et porta toute son attention vers la *Diane* dont on lui parlait. Mais Bianca avait le coup d'œil vif et prompt, elle ne perdit rien de ce jeu muet, et lorsque Carl se retourna, elle lisait avec un soin profond la couverture du *Vilhelm Meister*, sur laquelle il n'y avait rien d'imprimé.

— D'ordinaire, dit Carl, je ne me charge pas de semblables ouvrages ; mais, puisque vous paraissez le désirer, je m'occuperai de ce travail.

— Nous savions déjà, répondit Bianca, avec quel art vous travaillez ; vous pouvez voir que nous avons su apprécier votre talent : vos œuvres occupent la meilleure place dans nos appartements.

Madame Kindler montrait, en parlant ainsi, les deux statuettes de Karl qui se trouvaient sur les consoles.

Carl les avait déjà aperçues, il remercia du regard.

— La vie de l'artiste a ses joies et ses douleurs, madame, dit-il : c'est une faible compensation, je vous assure, que celle qu'il peut trouver parfois dans l'admiration qu'il excite.

— Ah ! vous calomniez votre art, repartit vivement Bianca en accompagnant ces paroles d'un de ses plus doux regards. Votre talent vous attire de nobles sympathies, toute votre existence est une longue fête qu'illuminent à la fois le plaisir et l'amour !

— Le plaisir, peut-être ! répondit Carl un peu surpris, mais l'amour, c'est une erreur ! et voilà en quoi vous vous trompez, madame : le plaisir est offert à tous, l'amour n'est réservé qu'à quelques-uns.

— Et faites-vous nombre parmi ces quelques-uns ? demanda Bianca en souriant malicieusement.

Cette question un peu indiscrète étonna Carl, il regarda Bianca : celle-ci avait ouvert son livre, et le parcourait en le feuilletant du doigt.

Il y eut un moment de silence.

— Votre discrétion est naturelle et je l'approuve, dit enfin Bianca ; mais les bruits de Munich m'ont mise à même de répondre affirmativement pour vous à la question que je vous adressais. Vous êtes amoureux, monsieur Carl, et je trouve là l'explication de votre dévouement à l'art. Je ne concevrais pas l'artiste sans amour !

— Et vous avez raison, madame, répondit Carl, l'art et l'amour ont tous deux les mêmes racines : ils viennent du cœur. Ces deux sentiments se lient, rien ne saurait les séparer. Je n'ai pas voulu contester cette vérité : j'ai voulu dire seulement, que souvent, presque toujours, l'artiste vit isolé, et qu'il trouve rarement la satisfaction des désirs impérieux qu'il nourrit dans son âme ! On aime son art, son œuvre, son individualité peut-être ; mais lui, l'homme, presque jamais !

— Et pourquoi cela ? demanda Bianca avec intérêt.

— Ah ! pourquoi ! pourquoi ! parce qu'il désire trop, ou qu'il ne trouve pas assez ; parce qu'à celui qui vit dans une région idéale, où toute création revêt une forme vague et indéterminée, il ne faut pas une idole aux formes carrées et solides. Est-ce la faute de l'homme qui demande trop, est-ce la faute de la femme qui ne donne pas assez ? Voilà ce qu'il serait bien difficile de décider.

— Peut-être aussi l'homme ne cherche-t-il pas, et prodigue-t-il son amour à des idoles qui n'en sont pas dignes.

Ces paroles avaient été prononcées par Bianca d'une singulière façon ; sa voix était presque grave, son regard doux, son geste simple ; il y avait de la douleur et du regret dans ces quelques mots. Carl en fut troublé et demeura interdit.

— Pardonnez-moi, madame, dit-il, mais je m'aperçois seulement maintenant que la conversation m'a entraîné bien loin de notre *Diane chasseresse...*

— Tout cela se tient, objecta Bianca avec le même regard doux et fin.

— Comment ? dit Carl étonné...

Bianca allait poursuivre, lorsque deux coups frappés à la porte du boudoir attirèrent son attention.

— Est-ce vous, Louise ? demanda-t-elle.

— C'est moi, madame, répondit la voix de M. Kindler.

— Mon mari ! fit madame Kindler.

Puis se tournant vers Carl, et posant un doigt sur ses lèvres comme pour lui recommander la discrétion, elle ajouta à haute voix :

— Eh bien ! puisque c'est vous, monsieur, pourquoi n'entrez-vous pas ?

La porte s'ouvrit, et M. Kindler entra.

VII

UNE PETITE RUSE DE DIPLOMATIE.

Lorsque M. Kindler entra, Carl était occupé à examiner le bras et la jambe de Diane ; madame Kindler avait repris son attitude nonchalante sur sa causeuse.

Le vieux diplomate se dirigea aussitôt vers sa femme, lui prit la main, et la baisa avec un respectueux empressement :

— Vous êtes bien aujourd'hui, Bianca ? lui dit-il en s'asseyant à côté d'elle.

— Fort bien, répondit Bianca.

— Vous vous êtes levée de bien bonne heure ce matin, ajouta M. Kindler.

— Oui, dit Bianca, et je crains d'en être cruellement punie.

— Comment cela ?

— N'y a-t-il pas bal à la cour ?

— Certainement.

— Je doute que je puisse y aller.

— Et pourquoi ?

— Je serai probablement fatiguée.

— Ne serez-vous pas toujours la plus jolie !

Bianca sourit.

— C'est un véritable malheur, dit-elle, que d'avoir un mari dans le gouvernement.

— Voilà une méchanceté, objecta le vieux diplomate.

— On n'est jamais certaine de la pensée qui dicte ses paroles.

— J'en étais sûr !...

M. Kindler se tourna alors vers Carl :

— Monsieur est sans doute le sculpteur Carl Hermann ? demanda-t-il à Bianca.

— J'avais fait appeler monsieur, répondit dédaigneusement Bianca, pour le charger de réparer ma maladresse. Monsieur m'a promis de s'occuper de ce travail.

M. Kindler se leva ; Bianca reprit la lecture de *Vilhelm Meister*, et ne se mêla plus à la conversation.

— Je n'avais pas encore l'honneur de vous connaître, dit M. Kindler à Carl, mais je savais que Munich possédait en vous son plus éminent artiste.

— Vous êtes indulgent, monsieur, répondit Carl en s'inclinant avec respect.

— Votre talent n'a pas besoin d'indulgence ; poursuivit M. Kindler ; votre réputation est aujourd'hui assez incontestablement établie pour qu'on ne craigne pas de faire tout haut votre éloge ; je ne sache pas, d'ailleurs, que Munich s'enorgueillisse jamais d'avoir donné naissance à un artiste plus intelligent.

— C'est cependant une erreur, fit Carl en cessant son examen de la *Diane chasseresse*.

— Vous êtes modeste...

— Non, monsieur, je suis juste.

— Et quel est l'artiste auquel il vous paraîtrait juste de donner la préférence ?

— Arnold.

— Votre frère ?

— Lui-même.

— C'est selon !... Cela dépend de la manière de sentir et de comprendre... Vous avez de l'élégance et de la grâce...

— Il a de la force et de la solidité.

— Vous avez un talent que nul n'a jamais songé à vous contester.

— Il a du génie, lui, quoiqu'on le lui ait souvent refusé.

Le visage de Carl avait pris une expression de dédain qui lui séait admirablement ; son regard brillant et animé, s'était posé sur M. Kindler, comme s'il eût voulu découvrir ce qui se passait derrière la figure pâle et calme du diplomate ; sa lèvre animée frémissait, sa joue s'était colorée.

Carl n'aimait pas M. Kindler ; il savait que cet homme était redouté dans Munich par tout ce qu'il y avait de cœurs loyaux et d'âmes généreuses ; il n'ignorait pas par quels moyens peu honnêtes il exerçait son ministère, il avait appris depuis longtemps à le craindre et à le mépriser. Il crut voir dans ces insinuations sur son talent une malveillance mal dissimulée pour son frère, et il ne put cacher, du moins sur ses traits, l'indignation que cette malveillance soulevait en lui. Cependant, lorsque, après s'être pendant quelques minutes arrêté sur M. Kindler, qui demeurait froid et impassible, son regard vint à tomber par hasard sur Bianca, un secret sentiment de pitié s'empara de son cœur, et, sans qu'il sût pourquoi, son visage s'adoucit et son indignation se calma.

Bianca n'avait rien dit : rejetée au fond de sa causeuse, tenant son livre entre ses mains sur sa poitrine, elle n'avait pas quitté Carl des yeux. Muette et attentive à la conversation, à laquelle elle restait étrangère, aucune expression d'approbation ne se lisait dans ses yeux ; seulement, lorsque Carl fut sur le point de se laisser emporter par son indignation plus loin qu'il ne l'eût dû, un éclair rapide sillonna le front de madame Kindler ; son regard, plein d'une douce prière, sembla appeler celui du jeune sculpteur, et une larme trembla un moment au bout de ses cils bruns.

Carl ne comprenait rien ; il cherchait en vain à se rendre compte des sentiments qui naissaient et mouraient dans le cœur de Bianca, sans laisser d'autres traces que cette expression rapide et fugitive du regard ; tout ce qu'il voyait l'étonnait, et, presque à son insu, une sensibilité mystérieuse ébranlait ses plus énergiques résolutions. D'ailleurs, la pose de Bianca avait par elle-même tant de charme et de voluptueux abandon, les contours admirables de ses formes se dessinaient avec tant de grâce sous la mousseline légère qui les recouvrait mollement ; on devinait enfin, à travers le calme affecté du visage, la froideur simulée du regard, tant de naïveté, de douceur et d'amour, que Carl se demandait à chaque instant s'il n'était pas le jouet d'une hallucination, ou si quelque ange aimé de ses rêves d'enfant n'avait pas pris une forme moitié humaine, moitié céleste, pour se révéler à ses yeux.

M. Kindler avait suivi les divers sentiments qui étaient venus se peindre, en moins de vingt secondes, sur la physionomie ardemment animée de Carl ; et en voyant avec quelle mobilité franche et ouverte l'expression extérieure et, en quelque sorte, palpable des sentiments qui l'agitaient se manifestait sur sa figure, un sourire de bonhomie courut sur ses lèvres. Il se dit que le gouvernement n'aurait jamais rien à craindre s'il n'avait pas d'adversaires plus redoutables, et qu'assurément la tâche de chef de la police ne serait jamais une tâche difficile avec de semblables conspirateurs. Cependant là ne se bornait pas l'interrogatoire qu'il avait voulu faire subir à Carl ; il reprit donc la conversation un moment interrompue :

— Si vous êtes un grand artiste, dit-il, à Carl, vous êtes aussi un excellent frère, et je ne sais ce que je dois le plus admirer, ou votre talent d'artiste, ou votre dévouement de frère

— Ce dévouement est tout naturel, répondit Carl, et n'a rien qui doive étonner : Arnold a été mon premier, mon seul maître ; c'est lui qui m'a fait aimer et comprendre l'art ; nous sommes doublement frères, par le sang et par le cœur !...

— Je comprends cette fraternité, remarqua le vieux diplomate en prenant son ton le plus insinuant, elle honore l'artiste, elle explique sa fermeté. On ne travaille avec un réel courage que lorsque l'on se sent aimé et soutenu. Et je vous l'avouerai, monsieur Hermann, si jusqu'à ce jour, ainsi que vous l'avez peut-être su, j'ai été, dans le gouvernement, hostile à certaines tendances trop ouvertement manifestées par M. Arnold, c'est que j'avais entendu tenir sur son compte des propos...

— Quels propos ? fit Carl en redressant la tête.

— Oh ! oh ! répondit M. Kindler avec une bonhomie parfaitement jouée, ne savez-vous pas quelle méchanceté le public met souvent à faire circuler, à accréditer certains bruits calomnieux ? Nul n'en est exempt ; le génie moins que tout autre.

— Il est du devoir de ceux qui les reconnaissent calomnieux de faire promptement justice de ces bruits.

— Vous avez parfaitement raison, monsieur Carl, on ne parle pas avec plus de sens ; mais mettez-vous un instant à notre place, et vous reconnaîtrez d'un coup d'œil les difficultés de notre position. Les gouvernements sont aujourd'hui engagés entre deux esprits également exigeants, l'esprit du passé, l'esprit de l'avenir ; pour prévenir une lutte entre ces deux éléments permanents de discorde, ils sont obligés de donner à la fois à l'un et à l'autre, et de les satisfaire tous les deux dans une égale mesure ; ils suivent donc une route difficile, semée d'écueils, ayant à se prémunir en même temps contre les sentiments rétrogrades qu'on leur suggère, ou contre les tentatives aventureuses qu'on leur souffle ! Il est facile de concevoir que, dans cette situation, le seul parti qui leur reste soit la prudence alliée à une sage fermeté. Si vous comprenez ce raisonnement, et vous avez trop de sens pour ne pas l'admettre, vous comprendrez aussi que nous ne devons rien repousser de ce qui peut servir à nous éclairer, et qu'il est de notre intérêt d'accepter toute lumière, de quelque parti qu'elle nous vienne !... Cela n'est-il pas juste ?

Carl répondit par un signe de tête affirmatif ; à mesure que M. Kindler parlait, il avait senti diminuer toutes ses appréhensions, il l'écoutait sans arrière-pensée, s'abandonnant à lui, se laissant, en quelque sorte, gagner par la justesse de ses observations.

M. Kindler reprit :

— L'attitude que M. Arnold a prise contre le gouvernement faisait à ce dernier un devoir d'examiner à fond sa conduite et de chercher si ses intentions étaient droites, si ses actions étaient dirigées vers un but honorable, s'il n'y avait pas enfin, derrière l'artiste éminent et consciencieux, derrière le penseur humanitaire, l'homme à vues étroites et égoïstes, le conspirateur à l'ambition dangereuse : un examen approfondi a été fait, et, je dois le dire, même à vous, qui êtes son frère et son ami, cet examen a laissé planer des doutes sur M. Arnold.

Carl avait écouté jusque-là avec attention les paroles que M. Kindler laissait tomber une à une de ses lèvres ; mais, lorsqu'il entendit accuser son frère d'une manière aussi directe, il sentit son indignation revenir et toutes ses préventions reprendre leur empire.

— Et quels sont ces doutes que l'on a osé laisser planer sur mon frère ? demanda-t-il d'une voix mal contenue.

— Ce ne sont pas des doutes, répondit M. Kindler avec fermeté, ce sont presque des certitudes !

— Mais enfin, quelles sont-elles ? répéta Carl.

— Votre frère fait partie d'une société secrète qui s'intitule : les Ouvriers de l'Avenir ; quels ont été ses projets en se mêlant à cette société, quel est son but, quels sont ses moyens ?... Ceci est la partie des renseignements la moins certaine. Nous en savons assez pour opposer à la réalisation de leurs projets un obstacle insurmontable ; mais nous ne les connaissons pas entièrement. Cependant, d'après les éclaircissements que nous avons obtenus sur sa conduite privée, il nous est permis de douter de la moralité de ses intentions !

— Monsieur, s'écria Carl, jusqu'à présent je n'ai fait que vous prier de vous expliquer ; mais les accusations devenant plus directes et plus graves, je ne permettrai pas que, devant moi, l'on outrage mon frère en suspectant sa moralité ; je vous somme donc de me dire tout ce que vous savez !

Et se tournant vers Bianca :

— Pardon, madame, ajouta-t-il d'une voix profondément émue, pardon de me laisser aller, en votre présence, à un emportement peu convenable sans doute ! mais l'honneur d'une famille est une chose sacrée qu'il ne faut pas laisser ternir impunément.

— Vous aimez Marguerite Traub, monsieur Carl ! dit alors M. Kindler.

Carl hésita un instant... puis il répondit faiblement :

— Cela est vrai, monsieur, j'aime Marguerite Traub.

— Vous deviez l'épouser ?

— Oui, monsieur.

— Rien ne s'emblait devoir s'opposer à votre union ?

— Rien, monsieur.

— Eh bien ! après le refus que vous a fait M. Traub de la main de sa fille, ne vous est-il pas venu à la pensée de rechercher quelle en avait pu être la cause ?

— Le père Traub aime sa fille, il ne veut pas s'en séparer.

— Est-ce la seule raison ?

— C'est la seule qu'on m'ait donnée...

— Le gouvernement en a eu d'autres qui me semblent plus plausibles.

— Lesquelles ? fit Carl.

— Pourquoi Marguerite Traub n'aurait-elle pas été aimée, en même temps, par deux hommes, l'un jeune, beau, élégant, qui lui aurait plu, l'autre moins jeune, moins beau et plus grave, qui aurait plu au père ? tous les deux auraient aimé avec la même passion ; seulement le premier, exerçant une plus grande influence sur l'esprit du père, aurait mis en jeu toutes les ressources de cette influence pour empêcher une union qui devait ruiner le bonheur de son avenir...

— De qui voulez-vous parler ? demanda Carl éperdu.

— Vous ne devinez pas ?...

— Arnold ?

— Peut-être...

— Lui ?

— Réfléchissez bien à ce que je vous ai dit, mon cher monsieur, reprit le vieux diplomate après un moment de silence en se disposant à sortir ; vous verrez que le gouvernement ne se trompe pas souvent.

Il alla à madame Kindler, lui baisa galamment la

main, et sortit en jetant un dernier regard sur Carl, qui demeurait abattu sous le coup de cette révélation imprévue.

Une épouvante indicible s'était emparée du jeune sculpteur ; cette accusation de trahison, dont on venait de frapper son frère, le glaçait d'effroi ; il se rappelait avec terreur les moindres indices qui pouvaient justifier les soupçons de M. Kindler, et les indices arrivaient en foule de tous côtés ; toutes les voix de son cœur s'élevaient en même temps pour accuser Arnold et aucune pour le défendre ; toutes les sympathies nobles et franches, qui tout à l'heure s'élançaient vers lui, s'étaient subitement retirées, et maintenant Carl, accablé, morne, désespéré, se demandait avec amertume si l'amitié n'était pas un nom, et s'il y avait encore quelques bons sentiments dans la nature humaine.

Et puis, il vint à penser qu'Arnold était le seul ami qu'il eût jamais eu ; que lui, Carl, avait toujours mis dans son affection pour Arnold tout le dévouement, toute la sincérité d'une véritable affection de frère ; qu'il s'était abandonné à lui avec confiance, et que si l'amitié avait été d'une part plus franche et plus loyale, la trahison avait été de l'autre plus lâche et plus infâme.—Et il se dit que la haine et le mépris pouvaient seuls payer une telle action.

Il s'arrêta là !

En effet, c'était la première fois qu'il lui arrivait de douter ainsi de la loyauté d'Arnold ; jamais jusqu'alors le plus léger soupçon n'était entré dans son cœur et n'avait troublé la pureté de son amitié ; depuis qu'il s'était fait homme, joies et douleurs, tout avait été commun entre eux ; et s'il était vrai que Carl n'eût point d'autre affection que celle qu'il portait à son frère, il était vrai aussi qu'Arnold n'eût pas un ami qu'il aimât autant que Carl !... Ce dernier se reprocha de se laisser entraîner par une apparence de vraisemblance, et, ne sachant à quel parti s'arrêter, incertain, ému, emporté tour à tour par des sentiments contraires, il se jeta éperdu sur le divan, en cachant sa tête dans ses mains.

Il demeura longtemps ainsi, abîmé dans ses douleurs et ses incertitudes, oubliant et Marguerite et Arnold, et M. Kindler. Lorsqu'il revint à lui, quand il releva la tête, il aperçut Bianca, qui, le visage baigné de larmes, se tenait debout à ses côtés.

— Vous pleurez ! s'écria Carl profondément agité et en s'emparant des mains de Bianca.

— Je pleure, répondit Bianca d'une voix douce, parce que je vous vois souffrir !

— Oh ! merci, merci, madame ! Dieu est bon ; il a mis dans le cœur des femmes assez de pitié et d'amour pour consoler toutes nos douleurs !...

Carl serra les mains de Bianca dans les siennes, les baisa avec un transport désespéré, puis, comme s'il eût été effrayé de s'être laissé emporter trop loin, il recula avec égarement.

— Oh ! pardon, dit-il, pardon, madame, je ne sais plus ce que je fais ; ma tête se perd, mon cœur seul vous parle et me pousse ; pardon, pardon, si je vous ai offensée !

— Vous aimez donc bien cette femme ? demanda Bianca en devenant affreusement pâle.

— Ils me la feront haïr ! répondit Carl.

— Mais vous l'aimez ? répéta Bianca.

— Et qui donc aimerai-je, si je n'aime cette enfant si pure, si confiante ! Qui donc me consolera, m'aidera à supporter ce fardeau de la vie qui commence à devenir si rude pour mes épaules ?.. Qui donc m'aimerait,

si elle ne m'aimait pas ?... Oh ! oui, madame je l'aime, et cependant...

— Cependant ! fit Bianca avec un rayon éclatant dans les yeux.

— Cependant, depuis ce matin, il s'est passé en moi bien des choses qui me font douter de la réalité de mon amour !

— Que voulez-vous dire ?

— Rien ! madame, rien ! Tenez, laissez-moi ; je ne vaux ni la pitié que je vous inspire, ni l'amitié que vous me témoignez ; je suis un misérable ! Pauvre Marguerite !... Oh ! je fuirai, je m'éloignerai ; j'irai loin d'ici, loin de Munich, loin de l'Allemagne ; je l'emmènerai avec moi ! Là du moins elle sera libre et heureuse ! je pourrais l'aimer... moi aussi... Oh ! quelle misérable destinée est la mienne !

— Et pourquoi ne pouvez-vous être heureux que loin de Munich ? objecta Bianca avec douceur.

— Pourquoi ? fit Carl en relevant la tête et en fixant sur madame Kindler deux yeux où se lisait un sombre désespoir.

Puis il ajouta d'une voix sourde et en baissant la tête :

— Parce que, tant que je resterai à Munich, je ne pourrai plus aimer Marguerite !

VIII

UN NOUVEAU PERSONNAGE.

Le mois d'octobre venait de finir, les premiers froids s'étaient déjà fait sentir, les premières neiges couvraient le sol...

Il pouvait être sept heures du soir, le vent sifflait dans les arbres dépouillés, la nuit était presque venue.

A une lieue de Munich, et sur la route d'Augsbourg, une voiture à quatre roues, traînée par deux chevaux vigoureux, s'avançait péniblement à travers les fondrières des chemins détrempés : elle avait toute l'apparence extérieure des véhicules de campagne ; les chevaux seuls paraissaient être deux bêtes de race.

Cette voiture était occupée par trois hommes. Celui qui tenait la banquette de devant portait un costume fait de peau de bête fauve ; il avait ramené son chapeau sur ses yeux ; sa barbe était d'ailleurs très-épaisse et fournie ; deux pistolets énormes pendaient à sa ceinture de cuir. Celui qui occupait la seconde banquette différait beaucoup d'air et de costume. Il portait la redingote serrée de l'étudiant de Munich, une casquette un pantalon de drap brun, des guêtres et de gros souliers ferrés ; il n'avait d'ailleurs ni pistolets ni barbe ; ses yeux étaient cachés par un bandeau, ses lèvres par un bâillon. Le troisième personnage était habillé de la même manière que le premier.

Cependant, la voiture avançait ; un silence plaintif, silence d'hiver dans la campagne, régnait sur la route : on n'entendait que le piétinement régulier des chevaux dans la neige, et, à de rares intervalles, la voix rauque du conducteur, qui s'impatientait de la lenteur du voyage et des difficultés du chemin. Du reste, les trois voyageurs n'avaient pas encore échangé une parole.

A un quart de lieue de la ville, la voiture s'arrêta. Le conducteur fit aussitôt entendre un cri qui imitait à s'y tromper celui du loup, et, quelques secondes après, un cri de même nature lui répondit à peu de distance.

Le conducteur mit aussitôt pied à terre, et, se tournant vers son compagnon, il lui dit en mauvais allemand et en désignant le jeune homme :

— Tu peux lui retirer son bandeau...

— Sommes-nous donc arrivés ? s'écria celui dont on parlait.

— Nous sommes arrivés, répondit le conducteur.

— Et où sommes-nous ?

— Regardez !

Le bandeau était tombé...

— Munich ! s'écria le jeune homme en jetant des regards avides sur la cité que la lune commençait à éclairer.

— Munich ! fit le conducteur... est-ce que cela vous étonne, monsieur Roderich ?

— Vous savez mon nom ?

— Et pourquoi ne le saurais-je pas ?

— Qui vous l'a appris ?

— Eh ! eh ! les lettres que vous aviez sur vous lorsqu'on vous a arrêté.

— Vous les avez lues !...

— Une seule...

— Laquelle ?

— La meilleure...

— Misérable !...

— Allons ! allons, jeune homme, ne faisons pas le méchant... Voilà Munich, vous êtes libre ; estimez-vous heureux d'y pouvoir rentrer sain et sauf !... Et si vous racontez votre aventure à vos amis, ils vous croiront à peine quand vous leur direz que vous avez dû la vie aux Compagnons noirs !

En disant ces mots, celui qui venait de parler remonta dans la voiture, la fit tourner tant bien que mal, et, fouettant rudement les chevaux, il reprit la route qu'il venait de parcourir.

Cette scène empruntait un caractère particulier à l'âpreté du site où elle se passait. Pendant quelque temps Roderich resta interdit et pensif, ne sachant à quoi se résoudre : puis enfin, secouant toutes les sombres préoccupations qui l'assiégeaient, il prit son bâton noueux, que le compagnon lui avait jeté en partant, et se disposa à entrer à Munich.

Son cœur battait violemment ; il y avait trois ans qu'il était parti, et depuis trois ans il avait bien souvent songé à la joie du retour.

A peine eut-il fait quelques pas qu'il rencontra sur la route un homme qui, le dos tourné vers Munich, et fumant paisiblement une énorme pipe, paraissait regarder avec beaucoup d'intérêt la voiture qui s'éloignait. Burger, car c'était lui, laissa arriver Roderich, et, dès qu'il fut assez près pour l'entendre, il lui dit, en retirant sa pipe de ses lèvres et en secouant la cendre sur l'ongle de son pouce :

— Vous êtes bien imprudent, jeune homme, bien imprudent, car par le temps qu'il fait, et les Compagnons noirs qui courent, voilà un attelage qui n'est pas sûr de rentrer au gîte ce soir.

Roderich sourit.

— L'attelage et ceux qui le mènent n'ont rien à craindre des Compagnons noirs... répondit-il.

— Hum ! j'en doute... fit Burger...

— J'en suis sûr, dit encore Roderich.

Et il allait passer outre, ne se souciant pas d'engager une conversation avec cet homme qu'il ne connaissait pas, et désireux d'ailleurs d'arriver à Munich et de revoir ses amis, qui ne l'attendaient pas.

— Vous allez à Munich ? demanda Burger en faisant quelques pas comme pour se mettre en route.

— Oui, répondit Roderich en marchant toujours.

— En ce cas, dit Burger avec empressement, permettez-moi d'y rentrer avec vous ; à cette heure de nuit, les routes sont plus fréquentées par les voleurs que par les honnêtes gens.

— Les voleurs, objecta Roderich, sont-ils donc assez audacieux pour se montrer si près de la capitale de la Bavière ?

— Les voleurs sont audacieux partout... mon cher monsieur ; mais, pardonnez-moi mes questions, il me semble que vous n'êtes pas de Munich ?

— Je suis de Munich.

— Alors vous ne l'habitez pas d'ordinaire...

— Il y a trois ans que je l'ai quitté.

— Tout s'explique, et votre calme n'a plus rien qui doive m'étonner... Oh ! tout est bien changé depuis trois ans.

Malgré toute la répugnance de Roderich à entamer une conversation, il ne put résister au désir d'apprendre, avant d'arriver, les événements qui s'étaient passés depuis son départ. Bien que tenu au courant par les lettres de ses amis, bon nombre de circonstances lui étaient restées inconnues : et puis il y avait dans la vie de Roderich un secret ignoré de tous, et qui, depuis quelques années, l'avaient souvent inquiété ; il voulut se rassurer à ce sujet, et apprendre par un indifférent ce qu'il devait craindre et ce qu'il pouvait espérer.

— Vous habitez Munich, vous, monsieur ? demanda-t-il à Burger.

— Je l'habite, répondit ce dernier.

— Depuis longtemps ?

— Depuis fort longtemps...

— En vérité, vous m'effrayez en me parlant de changements... Qu'est-il donc arrivé depuis trois ans ?...

— Bien des choses...

— Mais encore ?...

— D'abord, les tendances du gouvernement on changé...

— Je le sais.

— L'ambition du peuple a grandi.

— Je le sais aussi...

— Cette opposition continuelle des deux partis, cette lutte incessante engagée entre des intérêts contraires, trouble le pays.

— Mais qu'y a-t-il à craindre ?

— Beaucoup, le gouvernement est fort.

— Les travailleurs le sont également.

— Il y a à la tête des affaires des hommes solides.

— Il y a à la tête des travailleurs des hommes intelligents et sages...

— Qui cela ?

— Arnold et Carl Hermann !

— Les sculpteurs ?

— Précisément...

— Arnold, peut-être...

— Carl aussi !

— Je ne le crois pas.

— Qui vous en fait douter ?

— Ah !... que sais-je... ceci et cela..., rien et tout... les choses suivent les hommes, ou les hommes suivent les choses, je l'ignore ; mais tout change à la fois.

— Que dites-vous de Carl ?

— C'est un fou.

— Un noble cœur !

— Un cœur enthousiaste, tout au plus.

— Vous le connaissez ?

— Beaucoup.

— Mais que lui reprochez-vous, enfin ?

— Il aime trop les femmes.

— Marguerite Traub !

— Ah ! s'il n'aimait que celle-là...

— Qui donc aime-t-il ?

Arnold chez M. Kindler.

Burger parut réfléchir un moment, puis il reprit :

— Carl a des instincts aristocratiques, il est artiste ; je ne lui ferai pas un crime d'aimer la beauté : c'est dans sa nature d'artiste ; mais que l'amour domine tous les sentiments jusqu'à les étouffer, cela est assurément une chose blâmable, et que je ne lui pardonne pas.

— Et que dit-on ?

— On dit bien des choses qui, si elles étaient vraies, feraient douter de la loyauté et de l'honneur de Carl.

— Mais Marguerite ?

— Il l'a abandonnée !

— Pour quelque grande dame ?...

— Une femme fort à la mode...

— Son nom ?

— Madame Kindler.

— Bianca!... s'écria Roderich avec épouvante.

— Vous la connaissez ? demanda froidement Burger.

— Bianca! Bianca! répéta Roderich. C'est impossible!

Roderich s'était arrêté tout à coup et demeurait comme stupéfait, cherchant à distinguer dans la physionomie de Burger une raison de croire que cet homme le trompait.

Burger souriait.

— C'est impossible, dites-vous, reprit il après quelques instants de silence, et en se remettant en marche ; soit, je le veux bien ; d'ailleurs, je le souhaite pour madame Kindler, qui n'aurait certes pas à se louer d'avoir connu Carl.

— Que voulez-vous dire ?

— Que Carl est un présomptueux qui aime à se parer de ses conquêtes.

— Lui ?

— J'en suis sûr.

— Il s'est vanté...

— Je l'ai entendu.

— Le misérable!...

— Après tout, ce que j'en dis c'est simplement histoire de causer, poursuivit Burger en jetant à Roderich un regard profond ; je ne voudrais pas qu'il vînt à savoir que j'ai mal parlé de lui, c'est un adroit duelliste.

— Qu'importe...

— Moi, j'y regarde à deux fois... d'abord, je ne suis pas *Ouvrier de l'Avenir.*

— Qu'entendez-vous par la ?

— Que le duel est défendu entre membres de l'association, et que je n'aurais, moi, aucun motif pour refuser une proposition inconvenante...

— Vous avez raison, toute rencontre est défendue entre deux membres de l'association des Ouvriers de l'Avenir !

Roderich se tut et s'arrêta une seconde fois ; enfin, il parut prendre une résolution soudaine et redressa la tête.

— Dites-moi, monsieur, reprit-il alors en fixant deux yeux vifs sur Burger, l'association dont Carl est membre tient-elle toujours ses séances à la taverne du père Krudner ?

— Toujours, oui !

— En ce cas, je vous remercie des renseignements que vous avez eu l'obligeance de me donner. Nous voici aux portes de Munich : vous n'avez plus peur des

Burger sur la montagne.

voleurs, et ma compagnie vous devient inutile.... au revoir.

— Au revoir, monsieur, dit Burger en s'inclinant.

Et ils se séparèrent.

Burger se dirigea vers la demeure de M. Kindler.

Roderich prit le chemin qui conduisait à la taverne du père Krudner.

Mais avant de conduire le lecteur à cette taverne, il est essentiel que nous suivions pendant quelque temps les traces de Burger.

IX

COMPLICATION.

Un morne silence régnait dans le cabinet de M. Kindler; d'énormes bûches de chêne brûlaient dans l'âtre; M. Kindler se trouvait assis au coin de la cheminée : ses traits paraissaient altérés : une inquiétude profonde donnait à ses yeux je ne sais quoi de triste impossible à dire ; son regard allait alternativement de la pendule à la porte du cabinet; son pied, impatient, frappait le parquet à coups précipités; ses ongles grinçaient sur sa jambe.

Pendant les quatres mois qui venaient de s'écouler, bien des événements avaient modifié l'existence de nos personnages.

M. Kindler, entre autres, avait éprouvé des déboires cruels. Le vieux diplomate, sur l'assurance que lui en avait donnée Burger, avait cru pouvoir s'avancer auprès du gouvernement, promettre la ruine complète de l'association des Ouvriers de l'Avenir, l'éloignement des Compagnons noirs et assurer qu'après un délai convenable, le gouvernement pourrait enfin tenter le coup d'État qu'il préparait depuis si longtemps.

Aucune des promesses de M. Kindler ne s'était accomplie : l'association des Ouvriers de l'Avenir s'était développée avec une ardeur nouvelle ; les Compagnons noirs avaient profité de quelques instants de trouble pour s'avancer jusque dans les environs de Munich ; le peuple était mécontent; tout paraissait devoir retarder indéfiniment les tentatives du gouvernement.

Le crédit du vieux diplomate avait reçu, dans cette circonstance, une atteinte mortelle : Munich s'agitait sourdement sans qu'on en sût la cause; les vieilles institutions étaient menacées d'une secousse violente; toute la cour craignait une catastrophe ; le roi lui-même avait manifesté quelques appréhensions sur l'avenir du royaume.

Dans cette occurrence, M. Kindler dut tenter un dernier effort. La garnison bavaroise fut doublée et se tint prête à tout événement ; Burger reçut secrètement l'ordre des se rendre auprès du chef de la police.

Neuf heures venaient de sonner à la pendule du cabinet de M. Kindler : le vieux diplomate releva la tête; un éclair passa dans ses yeux, il parut reprendre haleine et murmura quelques mots inintelligibles.

Burger entra,

Il portait un costume complet de voyage. Son justaucorps, taillé dans la peau d'une bête fauve, dessinait heureusement sa taille vigoureuse; un pantalon de peau, d'une couleur brune, tombait le long de ses jambes ;

une ceinture de cuir lui ceignait les reins, il portait de gros souliers ferrés, qui laissèrent sur le tapis du parquet une énorme empreinte de neige fondue.

Burger salua.

— Vous m'avez fait demander, dit-il à M. Kindler, je me rends à votre invitation...

— Je t'ai fait appeler, répondit M. Kindler dès que la porte se fut refermée derrière Burger; il y a long-temps que je ne t'avais vu, et nous avons un long compte à régler ensemble.

— Vous voyez, objecta Burger, que je ne me suis pas fait désirer.

— Tu m'as promis, poursuivit M. Kindler, sans tenir compte des paroles de Burger, que dans quatre mois Carl Hermann ne serait plus dans Munich ; les quatre mois se sont écoulés, et cependant Carl est encore dans nos murs.

— C'est vrai !

— Carl est toujours aimé et respecté; Arnold, son frère exerce toujours la même influence, l'association des Ouvriers de l'Avenir n'est pas moins redoutable qu'auparavant, et ce soir même ils doivent se réunir à la taverne de Krudner.

— C'est vrai !

— De plus, ajouta M. Kindler, tu as toi-même abusé étrangement de la tolérance dont jusqu'aujourd'hui j'ai couvert tes menées ; tes compagons sont venus jusque dans les plaines de Munich et y ont exercé de sanglants ravages !

— Il m'est impossible de dire le contraire.

— Tu railles !... à ton aise... tu le peux encore ; mais retiens bien ce que je vais te dire. Le gouvernement est las, enfin, d'avoir affaire à un homme comme toi; tu l'as trompé, il te retire sa confiance : demain, tu quitteras Munich... je veux bien encore t'accorder cette grâce; après ce délai, tu rentreras dans la loi commune, et toutes les rigueurs te seront appliquées sans pitié !.

— Fort bien ! fit Burger après un instant de silence... Il est fâcheux seulement que cette résolution vienne si tard et au moment où toutes les combinaisons allaient réussir...

— Quelles combinaisons ?...

— Oh ! dit Burger avec un sourire plein d'ironie, vous êtes un homme important dans le royaume de Bavière, monsieur Kindler, vous avez la force à votre disposition, vous avez une police bien servie... et cependant, si je n'avais pas veillé à vos intérêts, ces intérêts seraient, à l'heure qu'il est, bien compromis.

— Explique-toi ! s'écria le vieux diplomate, à qui l'espoir de réussir faisait oublier ce qu'il y avait d'injurieux dans les paroles de Burger.

— Voici ! dit Burger avec un air de souverain mépris ; demain, si vous me laissez faire, Carl sera haï et méprisé de tous ceux qui l'ont connu ; une part du déshonneur de Carl retombera sur son frère, et l'association des Ouvriers de l'Avenir sera ruinée à jamais!

— Mais les Ouvriers de l'Avenir se réunissent ce soir à la taverne du père Krudner !

— Je le sais !

— De redoutables mesures y vont être proposées.

— Peut-être !

— J'ai donné les ordres nécessaires pour que la réunion n'ait pas lieu.

— Cette violence produira un mauvais effet.

— C'est le seul moyen d'étouffer l'association.

— C'est le seul d'exaspérer les esprits !

— Que faire alors !

— Les laisser conspirer !

— Chaque jour ils gagnent du terrain !

— Le but est encore loin, et je vous promets de leur faire perdre en un jour plus de terrain qu'ils n'en ont gagné en dix ans.

— En es-tu certain ?

— J'en suis certain, répondit Burger; à moins, ajouta-t-il, que le gouvernement, qui est las d'avoir affaire à un homme comme moi, ne me retire sa confiance et ne m'applique toutes les rigueurs de la loi !

M. Kindler n'écoutait plus; son œil s'était ranimé et lançait de vives étincelles, son front rayonnait, un sourire de satisfaction courut sur ses lèvres ; cependant une sombre pensée vint l'arrêter tout à coup dans l'élan de sa joie. Il regarda Burger.

— Burger, lui dit-il, s'il est vrai que tu aies travaillé sincèrement dans notre intérêt, pourquoi les Compagnons noirs sont-ils si près de Munich? N'est-ce pas pour t'assurer un refuge parmi eux après nous avoir trahis !

— L'observation est pleine de sens, répondit Burger mais elle est faite hors de propos ; je ne puis y répondre.

— Que crains-tu ?

— Rien ! mais qu'importe... pourvu que le résultat ne trahisse pas votre espérance.

— Tu le promets ?

— Je promets ce que j'ai promis ; ni plus ni moins, et si demain tout marche selon mes désirs, comme je l'espère, dans huit jours vous apprendrez pourquoi les Compagnons noirs sont venus dans les environs de Munich?

Au même instant, la porte du cabinet s'ouvrit, et un valet remit à M. Kindler une lettre que celui-ci jeta, sans y prendre garde, sur la cheminée.

— Vous n'ouvrez donc pas cette lettre? objecta Burger.

— J'ai le temps, répondit M. Kindler.

— Vous avez tort.

— Pourquoi ?

— Elle contient peut-être des renseignements importants...

— Qu'en sais-tu ?

— C'est moi qui vous l'ai écrite.

— Toi ?

— Lisez plutôt.

M. Kindler décacheta la lettre, la parcourut d'un œil avide et rougit; puis, la repliant avec calme, il la replaça tranquillement sur la cheminée.

— Cette lettre renferme une calomnie, dit-il alors en se tournant vers Burger.

— Je ne crois pas, répondit ce dernier.

— J'en suis sûr...

— On n'est jamais sûr de ces choses-là, dit Burger ; d'ailleurs, dans une heure, vous pourrez vérifier le fait.

M. Kindler sourit avec mépris, fit un geste plein de noblesse et salua hautement Burger, qui sortit en levant les épaules.

Quand ce dernier fut sorti, M. Kindler reprit la lettre, la relut encore une fois, la froissa violemment et la jeta dans le foyer.

— Je m'en doutais ! s'écria-t-il avec colère.

Cependant, Burger avait quitté l'hôtel de M. Kindler. Quand il se trouva sur la rue il fit le tour de l'hôtel, et longeant le mur du jardin, qui donnait sur une rue peu fréquentée, il se blottit dans l'embrasure d'une petite porte et attendit.

Ce ne fut pas long.

A peine dix heures résonnèrent à l'horloge de Munich, qu'un homme déboucha dans la rue et se dirigea avec assurance vers la porte que Burger avait choisie pour s'y blottir. En apercevant un homme, il s'arrêta et fit semblant de rebrousser chemin ; Burger s'élança vers lui.

— N'êtes vous pas Carl Hermann le sculpteur ? demanda ce dernier à voix basse.

— C'est possible, répondit le mystérieux promeneur.

— Il m'importe de le savoir, j'ai quelques mots à vous dire.

— Qui êtes-vous ?

— Un ami de madame Kindler.

— Bianca ! Votre nom ?

— Qu'importe le nom, si l'avis est bon !

— Voyons donc l'avis, dit Carl.

— Je sors de chez M. Kindler, poursuivit Burger.

— Eh bien ?

— Il sait tout.

— Lui !

— Ce soir, dans une heure, il sera près de sa femme.

— Comment la prévenir ?

— C'est facile... elle vous attend.

— Mais le mari ?

— Dans une heure.

— C'est juste... j'ai encore le temps de la voir.

Et Carl allait s'éloigner, Burger le retint.

— Un mot encore, lui dit-il.

— Que voulez-vous ?

— Dans quelques jours, vous aurez peut-être besoin de moi ; si je puis vous être utile, venez me trouver.

— Qui êtes-vous ?

— Je vous le dirai dans deux heures.

— Où vous trouverai-je ?

— A la taverne du père Krudner...

— Cela suffit, j'irai vous rejoindre.

— Je vous y attendrai.

Carl disparut par la petite porte. Burger reprit sa route.

Comme il allait détourner la rue, un homme qu'il n'avait pas aperçu et qui, pendant sa conversation avec Carl, s'était tenu à quelque distance, s'approcha de lui et lui frappa sur l'épaule.

Burger se retourna en portant instinctivement la main sur ses pistolets.

— Monsieur, dit l'inconnu d'une voix chevrotante, la personne avec laquelle vous venez de causer n'est-elle pas Carl Hermann le sculpteur ?

— Burger examina avec attention celui qui lui parlait.

— C'est selon, répondit-il lentement.

— Comment cela ?

— Promettez-moi de me dire votre nom, et je vous dirai celui de la personne qui vient d'entrer par cette porte.

— Je vous le promets.

— La personne qui vient d'entrer est Carl Hermann le sculpteur.

— Cela est donc vrai ? s'écria l'inconnu avec un accent désespéré.

— Aussi vrai que vous vous appelez ?...

— Traub le professeur !

— Le père de Marguerite !

— Oui, monsieur, son père...

— Allons ! allons ! murmura Burger en s'éloignant, cela va bien... demain nous aurons du changement !

X

LA TAVERNE DU PÈRE KRUDNER.

La taverne du père Krudner occupait, à l'une des extrémités de la ville de Munich, un espace retiré dont la situation permettait à ceux qui la fréquentaient d'y venir en toute liberté.

Le père Krudner était l'ami né de tous les jeunes étudiants de Munich ; il connaissait les professeurs de l'Université et les avait souvent aidés, à l'en croire, à retrouver leur demeure ; il avait des amis intimes dans toutes les patrouilles et des connaissances très-particulières dans le gouvernement. D'aucuns l'accusaient, à la vérité, de n'avoir pas toujours mené une conduite exemplaire : on disait qu'il avait eu pour certains des tolérances coupables ; mais la réputation de son établissement avait peu souffert de ces bruits ; il était encore le rendez-vous habituel des étudiants fumeurs et buveurs de bière.

Dans un coin de la vaste salle où se tenait l'assemblée des Ouvriers de l'Avenir, Carl, qui venait d'arriver, causait vivement à voix basse avec le père Krudner. Il avait à peine serré la main à Arnold en entrant, et quand il eut fini sa conversation avec le père Krudner, il alla s'asseoir seul à l'une des tables placées autour de la salle.

A l'autre bout, et précisément en face de Carl, se tenait attablé un mystérieux buveur qui, le coude appuyé sur la table, le front appuyé sur la main, paraissait, dans cette position, prendre fort peu de part aux conversations engagées à ses côtés.

Au moment d'entrer dans la salle, il avait baissé son chapeau sur ses yeux, s'était assis à une table, après avoir répondu aux questions d'usage qui lui étaient adressées, et n'avait plus bougé de la place qu'il occupait.

Soit que le mystère dont cet homme s'entourait eût excité la curiosité de l'assemblée, soit que le silence dans lequel il se renfermait prévînt mal en sa faveur, quelques paroles défiantes avaient déjà été échangées autour du feu, et l'on se demandait si ce nouveau compagnon, que personne ne connaissait, n'était pas par hasard, quelque ténébreux suppôt de la police bavaroise. Chacun était intéressé à voir tous les doutes s'éclaircir à ce sujet ; et Arnold lui-même, d'ordinaire si inaccessible à la crainte, écoutait avec attention les soupçons qu'on lui suggérait.

Peut-être une scène violente allait-elle se passer, lorsqu'une circonstance imprévue vint changer la face des choses.

Deux coups vigoureusement frappés à la porte de la salle attirèrent en ce moment l'attention de toute l'assemblée : la porte s'ouvrit, et le père Traub parut sur le seuil.

Il y eut alors un mouvement singulier dans toute la salle. Carl releva la tête et pâlit, le mystérieux buveur ramena davantage encore son chapeau sur ses yeux, tous se découvrirent avec respect. Arnold fit plusieurs pas vers le vieillard.

Cependant, celui-ci demeurait calme, froid, impassible ; il était pâle et maigre, des rides profondes sillonnaient ses joues, quelques rares cheveux blancs couronnaient son front chauve. Pendant quelque temps, il promena son regard sur l'assemblée, puis se tournant enfin vers Arnold :

— Arnold, lui dit-il, pourquoi votre frère Carl n'est-il pas ici ?

— Carl est ici, répondit Arnold.

— Pourquoi se cache-t-il alors ?

— Carl ne se cache pas !

— Pourquoi ne répond-il pas, quand je viens l'accuser ?

— Carl vous répondra, s'écria Arnold, Carl vous répondra si vous venez l'accuser.

Et Arnold conduisit le vieillard vers Carl, qui s'était levé.

— Carl, dit alors le père Traub à voix basse, il y a huit jours que je vous cherche et que je ne puis vous trouver, pouvez-vous m'accorder quelques instants d'entretien ?

— Je ne le puis, répondit Carl.

Le père Traub réprima un mouvement de colère.

— Carl, reprit-il, les choses dont j'ai à vous entretenir sont graves ; un retard peut amener de fatales conséquences, réfléchissez-y ! Dans une demi-heure vous serez rendu à vos amis, je vous demande quelques instants seulement, voulez-vous me les accorder ?

— Je ne le puis, répondit Carl après un moment d'hésitation.

— Vous ne le pouvez, poursuivit le vieillard, vous ne le pouvez !... Ah ! vous pouviez bien cependant, il y a un mois, venir mystérieusement, chaque nuit, à l'insu de tout le monde, entretenir d'amour une pauvre fille dont le cœur n'était pas prémuni contre les séductions de vos paroles ; vous pouviez bien apporter le trouble dans ma demeure, la honte peut-être dans ma famille, cela était facile ; il n'y avait dans cette demeure, dans cette cette famille qu'un vieillard impuissant, qu'une jeune fille candide, vous le pouviez alors ! Mais ce que vous avez fait est lâche et indigne d'un honnête homme.

Et en parlant ainsi, le père Traub se redressa de toute sa taille et fixa sur le jeune sculpteur deux yeux ardents où se lisait une sombre colère.

Carl avait écouté froidement ; seulement ses poings s'étaient crispés. Il fixa sur l'assemblée un regard provocateur, et quand Arnold, vivement ému des paroles du vieillard, voulut aller à son frère pour le couvrir en quelque sorte ou l'engager à se défendre, celui-ci l'éloigna d'un geste dédaigneux et lui dit d'un ton brusque et impatienté :

— Laissez-moi, Arnold, c'est inutile, il est trop tard !

—Trop tard ! murmura le père Traub.

Et comme si tout à coup sa colère se fût apaisée, comme si l'énergie qui l'avait soutenu jusqu'alors l'eût tout à coup abandonné, il laissa retomber ses bras le long de son corps, l'expression de ses yeux s'adoucit, un tremblement nerveux agita un instant ses lèvres, et deux larmes coulèrent silencieusement sur ses joues pâles.

— Trop tard ! répéta-t-il avec un accent impossible à décrire... trop tard, ô Marguerite !...

Il était vaincu : il s'approcha de Carl et lui tendit les mains.

— Carl, lui dit-il d'un ton affectueux, je me suis laissé emporter... j'ai eu tort, j'aurais dû vous parler avec plus de calme que je ne l'ai fait !... mais il faut me pardonner... Marguerite est si triste et si désolée, j'étais aveugle... en vous refusant sa main, j'étais insensé ; j'aurais dû prévoir ce qui est arrivé... J'ai cru qu'elle pourrait vivre et n'aimer que moi ! Pauvre Marguerite, elle est si jeune !... Elle m'a tout dit... elle vous aime ; vous l'aimez aussi, Carl ; eh bien ! cela est naturel... Mon Dieu ! je n'y pensais pas...... quand on devient vieux, on devient égoïste, vous ne savez pas cela....... et puis j'avais peur de me trouver seul... mais maintenant il ne s'agit plus de moi, il s'agit de Marguerite... Moi, je suis vieux, je mourrai bientôt ; mais Marguerite est jeune, et depuis un mois elle a eu bien des tourments et bien des douleurs !

Carl ne répondait pas, le père Traub poursuivit :

— Écoutez-moi, dit-il, j'ai été l'ami de votre père, je vous ai vu naître... je vous aime comme mon enfant ; vous-même vous avez été pour moi un bon fils ; écoutez-moi, je vous ai refusé Marguerite, mais j'avais tort, Marguerite vous aime, et vous l'aimez... eh bien ! elle sera votre femme ! j'y consens !... après, vous ferez de moi ce que vous voudrez... qu'importe ! vous la rendrez heureuse... et je vous bénirai... n'est-ce pas, Carl, vous le voulez aussi, vous ?... C'était là toute votre ambition, vous ne désiriez que Marguerite, et Marguerite sera à vous ; dites... ne serez-vous pas satisfait ?

Mais Carl se taisait et baissait les yeux.

— Mon Dieu ! que faut-il vous dire encore ? s'écria douloureusement le père Traub en essayant de prendre les mains du sculpteur ; il y a longtemps, hélas ! que je vis loin du monde, j'ignore quelles paroles peuvent vous toucher ; mais Marguerite est bien malheureuse, et elle pleure. Ne me réduisez pas au désespoir, Carl, je deviendrais insensé ! Vous le savez, c'était le seul espoir, la seule consolation de ma vieillesse ; que voulez-vous que je lui dise au retour ? Répondez... Elle me demandera si je vous ai vu, elle voudra savoir ce que vous m'avez dit... Comment vous m'aurez accueilli !... Carl ! Carl ! c'est un vieillard qui vous parle, la parole d'un vieillard est sainte et doit être écoutée... Que voulez-vous que je dise à Marguerite ?

Carl fit un effort pénible sur lui-même ; il dégagea sa main de l'étreinte du père Traub, et, faisant quelques pas vers la porte, il s'écria avec exaltation :

— Il est trop tard ! trop tard ! vous l'avez voulu ! adieu !

Et il s'élança vers la porte ; mais le père Traub le prévint, et se trouva sur le seuil en même temps que lui.

— Arrêtez ! lui dit-il alors d'une voix terrible et menaçante. Carl, il ne sera pas dit que je vous aurai vainement imploré, et que vous aurez repoussé avec cette impitoyable cruauté un vieillard qui a été l'ami de votre père ! Ah ! c'est là le cas que vous faites de la douleur d'un père et de l'honneur d'une jeune fille !... Dieu merci ! jeune homme, il y a encore dans mon cœur assez de jeunesse, dans mon bras assez de vigueur, pour mépriser votre lâcheté et châtier votre infamie.

— Laissez-moi sortir, s'écria Carl.

— Nous sortirons ensemble, répondit le père Traub en le toisant avec dédain.

Puis, se tournant vers les membres de l'assemblée, qui tous restaient muets et indécis :

— Messieurs, ajouta-t-il d'un accent vibrant et clair, quel est celui d'entre vous qui consent à me servir de second ?

Un profond silence répondit à cette interpellation. Le père Traub pâlit.

— Personne ! murmura-t-il avec désespoir.

Carl sentit combien le rôle qu'il jouait allait devenir odieux s'il ne se décidait à mettre fin, d'une manière quelconque, à cette scène déplorable ; il s'adressa donc au père Traub :

— Vous le voyez, lui dit-il, personne n'a répondu à votre appel, nulle voix ne s'est élevée pour vous défendre ni pour m'accuser ; ne m'empêchez donc plus de sortir, monsieur Traub ; dans quelque temps, je pourrai répondre aux questions que vous m'avez faites, mais dans quelque temps seulement. — A moins, ajouta-t-il en se tournant vers l'assemblée, que quelqu'un d'entre vous, messieurs, ne prétende me forcer à m'expliquer tout de suite ; alors, ce serait différent !

Une sourde rumeur répondit à cette provocation, mais personne ne se présenta.

Carl fit un pas vers la porte...

— Personne ! personne ! balbutiait le père Traub...

Cependant, un homme qui, durant toute cette scène, était resté assis à une table isolée, venait de se lever sur les dernières paroles de Carl ; il s'avança à pas lents jusqu'à lui.

Le père Traub se tut ; tout le monde fit silence.

— Carl, dit-il d'une voix lente et grave, vous faites partie d'une association qui ne doit pas souffrir qu'on vous insulte, mais qui supportera moins encore que vous l'insultiez ! Je vous somme donc de répondre à l'accusation de M. Traub, et de prouver à ceux qui vous écoutent que vous êtes encore digne de rester parmi eux !

Une sauvage expression de fureur brilla un instant dans les yeux de Carl. Il regarda fixement son interlocuteur, dont un large chapeau lui cachait les traits.

— Et qui donc a le droit de m'interroger ici ? s'écriat-il en cherchant à se contenir.

— Moi, répondit l'inconnu.

— Vous ! poursuivit Carl en éclatant, mais il faudrait d'abord que je visse vos traits et que j'apprisse votre nom.

L'inconnu porta la main à son front, retira son chapeau et dit avec calme :

— Je suis Roderich le *Combattant !*

— Roderich ! s'écrièrent d'une commune voix Arnold et Carl.

— Roderich le *Combattant !* répétèrent avec surprise tous les Ouvriers de l'Avenir !...

XI

RODERICH LE COMBATTANT.

C'était une sainte et noble association que celle dont Roderich faisait partie ! Vieux débris de la foi de nos pères, dernier vestige de cet amour sacré de l'art qui a enfanté les splendides chefs-d'œuvre du moyen âge, l'association se composait entièrement d'artistes qu'une même croyance réunissait, et dont tous les efforts tendaient vers un même but : la rénovation de l'art ! Chaque année, un des membres de l'association que le sort désignait partait de Munich pour aller faire son tour d'Europe. Ils visitaient ainsi successivement, et aux frais de la société, l'Italie, la Grèce, l'Espagne, la Flandre, la France, et après avoir admiré les sublimes œuvres de Raphaël et de Michel-Ange, de Rubens et de Rembrand, de Lesueur et de Murillo, ils revenaient raconter aux amis qui les attendaient au retour les extases qui les avaient ravis, les nobles enthousiasmes qui les avaient transportés un instant vers les siècles enchantés du passé.

Chacun apportait à l'association le fruit de ses études et le résultat de ses travaux. Au nombre des conditions auxquelles tout *Combattant* était obligé de se soumettre à son retour à Munich, il y en avait une qu'il est peut-être bon de faire connaître : nul ne pouvait produire de grandes toiles en dehors de l'association. L'association achetait chaque œuvre des membres dont elle se composait, d'après l'estimation faite par des experts nommés à cet effet. Le prix une fois établi, si le tableau ou l'œuvre, quelle qu'elle fût, était vendu davantage, la moitié du surplus du prix fixé était remis à l'artiste, l'autre moitié revenait à la société ; chacun y trouvait son profit : l'artiste, qui était sûr de vendre ;

l'association, qui acquérait ainsi, sans violence aucune et du consentement de tous, les moyens de venir en aide à ses membres.

Roderich avait quitté Munich depuis trois ans ; il était revenu la veille ; ses amis ignoraient encore son retour.

Il avait visité toute l'Europe artistique, et, comme ses devanciers, il avait commencé ses pérégrinations par l'Italie.

L'Italie est pour tous la terre classique de la peinture, de même que la Grèce est la terre classique de la statuaire. Roderich avait vu l'Italie avec son imagination de jeune homme et son cœur de poëte ; il y était resté longtemps. Peut-être faut-il dire aussi que l'art n'avait pas seul, cette fois, occupé sa pensée, et que l'amour, cette voluptueuse religion de l'artiste, l'y avait retenu dans la contemplation ascétique de quelque vierge perdue sur notre terre de douleurs ! Roderich était un de ces hommes qui rassemblent sur un seul sentiment toute leur énergie et toute leur force vitale ; la première fois qu'il avait aimé, il avait dû le faire avec une plénitude souveraine de passion ! il avait dû dépenser, avec une folle prodigalité, ces riches trésors de jeunesse et de beauté dont son cœur était plein ! C'était à peine s'il venait de naître à la vie, et l'impression fut profonde. Il n'avait jamais encore souillé son âme par des amours impures, et ce chaste sentiment, qui, pour la première fois, sillonnait son cœur, y laissa un germe fatal qu'aucune force ne devait plus étouffer !

Roderich avait alors tout au plus vingt-quatre ans, mais il était singulièrement beau et vigoureux.

Ses yeux étaient ardents et vifs ; il avait le front large, heureusement développé, le nez fin et doucement arqué, les pommettes des joues légèrement saillantes, les lèvres puissantes et luxurieuses ; un heureux air d'intelligence éclairait tous ses traits, sa physionomie présentait à la fois un mélange de finesse et de franchise.

A Munich, Roderich était fort connu et fort aimé. On estimait son talent, mais on estimait encore plus son caractère : aucune résolution importante ne se prenait au sein de l'association des Combattants sans qu'il eût puissamment contribué à la faire adopter, et c'était en partie à lui que les frères Hermann devaient d'avoir pu attirer les Combattants au sein de l'association des Ouvriers de l'Avenir.

Quand donc la surprise qu'avait excitée son apparition au milieu de l'assemblée se fut un peu calmée et que tous les esprits eurent été rendus à la vérité de la situation, Roderich se tourna vers Carl, qui demeurait indécis sur le parti qu'il devait prendre, et reprit avec sang-froid :

— Vous voyez, Carl, que j'ai le droit de vous défendre, comme j'ai aussi celui de vous accuser ; maintenant que vous avez vu mes traits et que vous connaissez mon nom, qu'avez-vous à dire pour votre justification ?

— Je n'ai rien à dire, répondit Carl.

— Ainsi, vous repoussez toute explication ?

— Je la repousse.

— Vous méconnaissez l'autorité de l'association qui vous juge ?

— Nul n'a le droit de me juger ici.

— Carl, dès ce moment, vous ne faites plus partie de l'association des Ouvriers de l'Avenir.

— Eh bien, soit ! s'écria Carl ; à ce prix, du moins, je recouvre ma liberté et mon indépendance !

Il voulut s'élancer vers la porte, mais Arnold le retint.

— Carl, lui dit-il d'une voix suppliante, Carl, que vastu faire !

— Je pars.

— Et Marguerite?

— Ah! ne me parlez pas de Marguerite, Arnold, car c'est vous qui avez fait tout le mal!

— Moi!...

— Oui, vous, vous Arnold, vous mon frère!

— Que dis-tu?...

— Laissez-moi partir!

— Explique-toi...

— Jamais! jamais!

— Insensé! tu ne t'éloigneras pas malgré moi... Carl...

Carl se dégagea vivement des bras de son frère, et lui jetant un regard plein de haine et de colère :

— Que voulez-vous donc de moi, Arnold? lui dit-il; je vous laisse Marguerite, laissez-moi Bianca...

Arnold pâlit et chancela.

Carl hésita un instant, mais il parut faire un dernier effort sur lui-même et s'élança d'un bond sur le seuil ; Roderich l'y attendait.

— Que me voulez-vous encore? s'écria Carl d'une voix éclatante en serrant les poings avec une fureur qu'il ne cherchait plus à contenir.

— Tout à l'heure, répondit Roderich, à voix rapide et basse, nous étions tous les deux Ouvriers de l'Avenir une rencontre entre nous deux eût été impossible...

— Enfin! enfin! un homme, voilà un homme!

— Vous comprenez?

— Si je vous comprends! s'écria Carl en saisissant le bras du jeune *Combattant.*

— Demain je vous attendrai.

— A quel endroit?

— Ici.

— L'heure?

— Huit heures.

— Vos armes?

— L'épée ou le pistolet... vous choisirez.

— L'épée! l'épée! à demain, à huit heures!

Et cette fois Carl s'éloigna de la taverne du père Krudner.

Cependant, il eut à peine fait quelques pas dans les rues de Munich, que le froid vif de la saison vint rafraîchir son sang en feu. Il marcha quelque temps encore sans savoir précisément où il voulait aller, puis il parut se raviser, retourna sur ses pas, et revint vers la taverne.

A quelques pas, il rencontra Burger.

— Je vous cherchais, lui dit-il dès qu'il l'eut reconnu.

— Je vous attendais! répondit Burger avec un petit rire ironique que Carl ne put distinguer.

— Tantôt, vous m'avez offert vos services, je viens vous demander si je puis compter sur vous!

— Vous pouvez compter sur moi.

— Avez-vous de l'audace?

— Je l'ai quelquefois prouvé.

— Et du courage?

— Ceux qui ont osé en douter sont morts.

— Bien! vous êtes un homme comme il m'en faut un!

— C'est donc une entreprise dangereuse?

— Peut-être...

— Tant mieux.

— Vous ne reculeriez pas?

— Je ne recule jamais.

— Il y aura une riche récompense.

— Cela ne nuit pas.

— Vous êtes l'ami de Bianca?

— Un peu.

— Vous connaissez M. Kindler?

— Beaucoup.

— Vous n'êtes pas attaché à ce dernier?

— Je ne suis attaché à personne.

— A merveille. Votre nom?

— Burger.

— Burger? fit Carl.

— Mon nom vous surprend!

— Il m'effraie...

— Vous avez peur, jeune homme?

— Seriez-vous un des Compagnons noirs?

— J'en suis le chef.

Il y eut un moment de silence. Carl réfléchissait.

De quelque nature que fussent les événements auxquels il avait été mêlé depuis quelques heures, Carl n'avait pu encore se dépouiller entièrement de toutes ces idées de vertu et d'honneur qui avaient bercé sa jeunesse. Il lui répugnait d'avoir affaire à un homme tel que Burger.

Ce dernier parut s'impatienter de cette hésitation.

— Eh bien, dit-il brusquement à Carl, à quoi pensez-vous ainsi, que vous ne parlez plus?

— Je réfléchis, répondit Carl.

— Ah! et peut-on savoir ce que vous avez décidé?

— Je renonce à mon projet.

— Fort bien! fit Burger en réprimant un mouvement de dépit.

Puis il ajouta avec une bonhomie presque franche :

— Allons, soit, je serai plus heureux une autre fois.. Seulement, je veux vous prouver que je ne suis pas ingrat, et je vous obligerai, quoi que vous en ayez.

— Que voulez-vous dire?

— M. Kindler, ainsi que je vous l'ai déjà appris, a découvert l'intrigue que vous avez liée avec sa femme; il sait à quoi s'en tenir sur vos relations, et il n'a plus, à l'heure qu'il est, aucun doute sur sa véritable position de mari. Vous comprenez que M. Kindler est un homme trop adroit, et d'ailleurs trop bon diplomate, pour ne point mettre jusque dans ses affaires personnelles un peu, beaucoup même de cette dextérité avec laquelle il traite les affaires du gouvernement ; il se taira, tout le monde ignorera ce qui s'est passé dans son ménage ; mais, dans quelques jours, madame Kindler ira faire un voyage en Italie...

— Elle partira?

— Pour l'Italie.

— Vous le croyez?

— J'en suis certain...

— Dans quelques jours.

— Mon Dieu, demain, peut-être.

— Demain! demain! oh! malheur! malheur!

Carl demeura anéanti, sans pouvoir proférer une seule parole ; Burger le regarda en souriant :

— Ainsi, lui dit-il, tenez-vous pour averti, et agissez en conséquence ; quant à moi, puisque toute affaire entre nous est rompue, n'en parlons plus... Je vous souhaite bonne chance... sans rancune.

Il feignit de s'éloigner, mais Carl le retint.

— Burger, s'écria-t-il d'une voix désespérée, j'ai besoin de vous.

— Allons donc, répondit Burger en retournant sur ses pas, vous voilà revenu à des idées plus raisonnables : j'étais sûr que cela ne durerait pas!

— Voulez-vous me prêter votre concours?

— Je ne vous l'ai jamais refusé. De quoi s'agit-il?

— D'un enlèvement.

— Soit, j'en suis. Pour demain?

— Pour cette nuit.

— Fort bien!

— Y consentez-vous?

— Je consens à tout, il ne reste plus qu'à faire les préparatifs.

— Quand vous trouverai-je ?

— Dans une heure.

— Ici ?

— Ici, soit.

— Dans une heure donc.

— Dans une heure.

Le lendemain, vers neuf heures du soir, Burger était introduit chez M. Kindler ; il portait le même costume que la veille. Sa physionomie rayonnait.

— Dès que M. Kindler le vit entrer, il fronça le sourcil.

— C'est toi, Burger ! lui dit-il brusquement.

— C'est moi, monsieur Kindler, répondit Burger ; j'espère que je suis exact et que je ne vous ai pas trompé. Carl est parti !

— Oui... fit M. Kindler... et Bianca aussi...

— Je le sais, objecta Burger, ils sont partis ensemble...

XII

ARNOLD HERMANN.

Quelques jours s'étaient écoulés depuis le départ de Carl et de Bianca.

Arnold était dans son atelier, seul, triste, abattu, le visage pâle, le regard terne, le corps brisé par l'insomnie, l'âme brisée par la douleur. Le front appuyé contre le marbre de la cheminée, les mains jointes sur les genoux, il suivait avec une attention qui tenait presque de la folie les capricieuses flammes d'or qui grimpaient au fond du foyer. Un pâle rayon de soleil glissait à travers les vitres des fenêtres et venait décrire sur le tapis de la chambre des lozanges d'un éclat effacé. L'atelier avait un aspect désolé.

Depuis le départ de Carl, Arnold avait passé toutes ses nuits assis auprès du foyer, rêvant de mille choses qui l'épouvantaient, se débattant vainement sous le poids d'une réalité qui l'écrasait.

Arnold était certainement courageux, et bien rarement la force et l'énergie lui avaient manqué sur la route difficile dans laquelle il se trouvait engagé. Depuis longtemps, il s'était préparé à tous les événements, à toutes les catastrophes qui pouvaient arrêter ou détruire ses espérances, et mettre en question son existence ou son bonheur. Il n'avait point hésité. Il avait déjà fait à son frère, et à la cause qu'il servait, le sacrifice spontané de son amour pour Marguerite ; il avait fait plus, il était resté à Munich, malgré ce besoin ardent de solitude qui l'avait pris au sortir de sa lutte avec son amour. Il devait croire que sa tâche était accomplie, et qu'il avait porté sa croix assez longtemps.

Le départ de Carl avec Bianca trompait toutes ses prévisions.

Bien qu'Arnold se fût dévoué avec un complet désintéressement et sans arrière-pensée, cependant il ne l'eût certes pas fait s'il ne se fût agi du bonheur de Marguerite et de celui de Carl. Tout était là pour lui ; c'était pour eux qu'il souffrait et qu'il voulait souffrir. Ils étaient sa douleur et aussi sa consolation ; pour Carl, il avait oublié Marguerite ; pour Carl et Marguerite, il avait consenti à ne pas s'éloigner de Munich !

Or, depuis le départ de Carl, tout le bénéfice du dévouement d'Arnold était perdu. — Marguerite était malheureuse, et Carl déshonoré !

Sa douleur avait été profonde ; il n'avait versé aucune larme, proféré aucune plainte. Une nouvelle phase d'abnégation et de renoncement s'ouvrait dans sa vie, et il y entrait de plain-pied sans hésitation, sans regrets, avec résignation. La blessure qu'il portait dans son cœur, cachée à tous les yeux, s'élargissait et devenait d'instant en instant plus profonde ; mais aucun symptôme de douleur ne se lisait sur son visage ; son pas s'appuyait aussi ferme, aussi sûr dans le chemin qu'il parcourait ; son front s'éclairait, au contraire, d'un nouveau rayonnement de bonté divine, et le sourire de sublime tristesse qui restait stéréotypé sur ses lèvres pâlies disait assez quelle charité puissante, quelle miséricordieuse sensibilité reposaient dans son âme. Il était prêt à de nouvelles luttes et ne songeait déjà plus aux terribles combats qu'il venait d'essuyer.

Cependant, il faut le dire pour l'histoire du cœur humain, quelque attachement qu'Arnold professât pour son frère, la nouvelle du départ de ce dernier avait tout à coup réveillé en lui un espoir qu'il s'était longtemps efforcé d'oublier, et contre lequel il fut un moment impuissant à résister. Carl était parti avec Bianca, mais il avait laissé Marguerite à Munich, Marguerite seule, blessée, dédaignée, accablée sans doute sous le sentiment cruel d'un abandon qu'elle n'avait pas mérité, disposée peut-être à se venger d'un dédain dont son orgueil devait se révolter.

Cette pensée avait d'abord été accueillie par Arnold avec une sorte d'enthousiasme ; il convenait à la fois à son dévouement et à son amour de consoler les douleurs qui devaient être désormais le partage de la pauvre Marguerite, et de rappeler le calme et la sérénité dans le cœur et sur le front de cette femme qu'il avait tant aimée. Mais il repoussa bien vite cette pensée : il y avait trop de danger à remplir ce rôle ; il ne voulut pas y exposer Marguerite ni s'y exposer lui-même.

Et puis, il connaissait trop bien le cœur de la fille du père Traub pour oser espérer qu'elle consentirait jamais à laisser à d'autres mains le soin d'étancher la blessure que Carl avait faite ; il savait qu'il y a une touchante pudeur dans la douleur réelle, et qu'elle se voile instinctivement pour cacher sa profondeur à tous les regards. Si les consolations sont douces aux âmes ordinaires, elles sont cruelles et insupportables aux âmes d'élite. Aussi, depuis le départ de son frère, Arnold n'avait pas cherché à voir Marguerite ; il craignait de la trouver trop courageuse ou trop faible. Toute son indécision venait de là.

De ces solitaires méditations, Arnold avait cependant retiré un enseignement. Sa pensée, près de s'égarer dans le ciel nébuleux des spéculations purement philosophiques, avait été subitement ramenée à l'analyse exacte des opérations humaines. Il s'était trouvé tout à coup aux prises avec la réalité, et tous les ressorts s'étaient tendus pour chercher le moyen d'en triompher. Absorbé par la contemplation sainte qui l'entraînait, il avait pu un instant oublier que de nobles infortunes, que de respectables misères gémissaient à ses côtés ; mais, secouant bientôt toutes préoccupations étrangères, les bons instincts de sa nature s'étaient fait jour, et il n'avait pas tardé à revenir au sentiment réel de sa position. Alors, il s'était occupé de tout ce qui avait rapport à Carl ; il avait envoyé de tous côtés pour s'informer de la route qu'il pouvait avoir prise ; il avait mis en campagne tous les hommes dévoués que l'Association laissait à sa disposition, et s'il n'avait rien pu apprendre de Carl, il avait appris en revanche bien d'étranges choses sur les hommes qui gouvernaient la Bavière.

Traub à la caverne du père Krudner.

De sourdes rumeurs, des bruits singuliers circulaient par la ville ; des hommes à mine suspecte, et que l'on ne connaissait pas, parcouraient les rues le soir et se glissaient dans l'ombre pour épier les divers mouvements qui agitaient la foule. On disait tout bas que la garnison de Munich avait été renforcée, et que le gouvernement méditait un coup d'État contre la liberté du royaume. Les étudiants se réunissaient en foule sur les places publiques ; les tavernes regorgeaient de gens oisifs et de curieux ; il régnait de tous côtés, dans toutes les classes, une fermentation impossible à décrire. Chacun se sentait à la veille d'un événement de haute importance, et cherchait quel rôle il lui convenait de tenir. On se consultait, on hésitait, et en définitive on ne concluait à rien. Arnold comprit que, dans cette occurrence, il ne devait pas rester inactif. Le départ de Carl lui avait fait une position fausse ; c'était pour lui l'occasion de la rétablir sur des bases solides. N'eût-il point eu d'ailleurs cet intérêt personnel à agir comme il le fit, que la générosité native de son caractère lui eût indiqué la route à suivre.

Ce fut, du reste, un moment radieux que celui où, comprenant enfin quelle mission il lui restait à accomplir, il trouva tout à coup dans la sainteté de la cause qu'il allait servir, le courage et l'activité qui lui manquaient un instant auparavant. Son front s'éclaira, son cœur tressaillit d'aise ; il y eut en lui comme un moment d'extase divine, après lequel il put mesurer d'un regard assuré, et sans pâlir, la tâche de la veille et celle du lendemain ! Apôtre des idées nouvelles, c'était du pied de sa propre croix qu'il partait pour la conquête de l'avenir réservé aux sociétés modernes.

Neuf heures venaient de sonner à la pendule de l'atelier. On frappa au dehors.

Arnold releva la tête avec anxiété et prêta l'oreille. On frappa de nouveau ; il alla ouvrir.

Roderich le Combattant entra.

Il était sombre ; il jeta un regard furtif sur Arnold, et s'avança jusqu'au milieu de l'atelier.

Arnold l'y suivit.

—Je m'étonnais de ne t'avoir pas vu depuis quatre jours, lui dit-il ; d'où viens-tu donc, qu'as-tu fait ?

En disant ces mots, il lui tendit la main, mais Roderich la repoussa rudement.

— Depuis quatre jours, répondit-il, je suis à la recherche de Carl.

— De Carl ? fit Arnold.

Et le souvenir de la scène qui s'était passée à la taverne du père Krudner lui revint tout à coup à l'esprit.

— Eh bien, ajouta-t-il vivement, est-on sur ses traces ?

— J'ai découvert sa retraite...

— Toi ! sa retraite... Quelle est-elle ?

— A quinze lieues de Munich.

— De quel côté ?

— Près de Kautsfein.

— Avec Burger ?

— Avec Burger.

Un frisson nerveux agita les membres d'Arnold.

— Je m'en doutais, murmura-t-il à voix basse ; le malheureux !

Carl et Bianca

— Oui, oui, ajouta Roderich, il est là en bonne et nombreuse compagnie !

Et comme il accompagnait ces paroles d'un sourire plein d'une ironie sanglante, Arnold le considéra avec un étonnement mêlé de stupeur.

— Roderich, lui dit-il avec fermeté, depuis quel temps vous réjouissez-vous des malheurs qui arrivent à vos amis ?

— Moi ! fit Roderich, qui demeura interdit.

— Ce que vous faites est mal, Roderich, poursuivit Arnold ; j'avais le droit d'attendre de votre amitié plus de respect ou plus de pitié. Vous m'avez assez souvent serré la main au temps où nous avions des amis, où nous étions heureux, pour que je pusse espérer de vous retrouver, au jour terrible des épreuves, fidèle à notre mauvaise fortune comme à notre bonheur ; aurais-je trop préjugé de votre cœur, Roderich ; me serais-je trompé en comptant sur vous ?

— Arnold...

— Dans la position critique où m'ont jeté les circonstances, j'ai besoin de connaître les dévouements sur lesquels je puis m'appuyer sans danger ; il me faut des amis solides, car la tâche sera rude ; dites-moi donc, Roderich, si vous vous sentez le courage et la volonté de me seconder ?

— Doutes-tu de moi ! s'écria Roderich en saisissant la main d'Arnold.

— Oui, je doute de toi, répondit Arnold.

— Ah ! que ce doute soit donc mon châtiment ; je l'accepte. Arnold, que veux-tu que je fasse ?

— Carl t'a offensé, il faut oublier l'injure et pardonner.

— J'oublierai et je pardonne.

— T'unir à moi dans tous mes projets et les seconder avec audace et activité.

— Où tu voudras aller j'irai.

— Et si nos projets réussissent, sois certain que tu ne regretteras jamais de m'avoir prêté ton aide.

— Que faut-il faire ?

Arnold alla lentement s'asseoir près du foyer ; il ranima le feu qui s'éteignait, et reprit :

— Roderich, dit-il alors d'un ton doux et rêveur, tiens-tu beaucoup à Munich ? Es-tu attaché à la Bavière par des liens tellement solides que tu ne puisses les rompre ?... Au milieu de tes pérégrinations européennes, te sentirais-tu attiré vers la patrie par un sentiment invincible de regret ou de désir ? ou plutôt, artiste nomade, n'as-tu pas été souvent sollicité par le besoin de planter ta tente sous les cieux enchantés des pays que tu as parcourus ? N'as-tu pas fait quelquefois le rêve d'aller par-delà les mers, habiter, loin de nos mondes civilisés, quelque terre vierge que le pied de l'homme n'a jamais foulée, et là, seul, au milieu d'une nature riche et féconde, vivant en communion d'idées avec quelques amis de choix, d'oublier que le monde existe et que l'humanité souffre, pleure et gémit ?... réponds-moi, Roderich, as-tu jamais fait ce rêve, as-tu jamais cru à la possibilité de sa réalisation ?

Roderich regarda Arnold ; la pâleur répandue sur son visage, jointe à l'altération de ses traits, lui inspira un profond sentiment d'effroi. C'était la première fois qu'il voyait Arnold depuis la fuite de Carl, et il fut épouvanté en apercevant cette terrible expression de douleur et presque de désespoir qui se lisait facilement sur sa physionomie. Il lui prit silencieusement la main :

— Ami, lui dit-il, tu as dû bien souffrir depuis que je ne t'ai vu. Je t'avais quitté joyeux, l'esprit enthousiaste, l'âme heureuse; je te retrouve aujourd'hui triste, amer, sceptique même. Ah ! Arnold, où est le temps où nous passions ici, dans cette chambre, ces soirées féeriques dont tu sembles avoir entièrement perdu le souvenir ! Alors aussi nous parlions d'avenir; nous rêvions pour l'humanité qui souffre, qui pleure et qui gémit, des destinées brillantes, et ton esprit audacieux jetait sur nos rêves ses lumières fécondes. Arnold ! Arnold ! qu'as-tu fait de ton cœur, qu'as-tu fait de ton esprit... Est-ce bien toi qui me parles !... Je t'avais laissé si jeune et si plein d'espoir, pourquoi te retrouvé-je si vieux déjà et si désenchanté !

— Le malheur vieillit vite, répondit Arnold...

— Et l'espoir !

— L'espoir n'est pas fait pour les vieillards.

— Et cependant autrefois...

— Ah ! autrefois, interrompit l'aîné des Hermann, oui, autrefois, la vie était belle, rieuse, pleine de promesses ; nous aimions alors, et nous étions aimés, du moins nous pouvions le croire. Le cœur était jeune, la pensée active, courageuse, infatigable ; mais depuis... Ah ! si tu savais, Roderich, si tu savais de quels chagrins ils ont abreuvé ma vie, comme ils ont empli de fiel le vase d'or où je trempais mes lèvres, combien de piéges ils ont tendus à mon ignorance, les misérables... Non, non, la vie n'est plus ici pour moi, elle est loin, bien loin, loin du monde, loin de ceux que j'aime et loin de ceux que je hais !... Il faut partir.

— Et où aller ? objecta Roderich avec découragement.

— Eh ! le sais-je ! répondit Arnold, sais-je moi-même ce que je veux, ce que je désire, où je voudrais aller ! Parfois, il est vrai, d'indéfinissables besoins soulèvent mon cœur et m'entraînent malgré moi vers une nouvelle sphère d'activité, vers l'agitation et le mouvement d'une autre vie, mais ces vagues désirs s'enfuient aussitôt pour ne laisser dans mon cœur qu'un fatal et mortel ennui !

Comme Arnold achevait ces mots, un bruit se fit entendre au dehors ; les deux amis se levèrent.

Au même moment, une servante entra et annonça au sculpteur qu'une jeune femme, qui n'avait pas voulu dire son nom, désirait lui parler.

Arnold ordonna de faire entrer ; en même temps il donna à Roderich rendez-vous pour le lendemain soir à la taverne du père Krudner ; après quoi Roderich se retira.

A peine était-il sorti, qu'une jeune femme voilée fut introduite. Arnold lui présenta un siège; la jeune femme s'assit et leva son voile. C'était Marguerite Traub !

XIII

MARGUERITE TRAUB.

Avant que Marguerite eût levé son voile, Arnold l'avait reconnue.

A sa mise simple et élégante, à sa taille souple et bien prise, à ses longs cheveux blonds qui couraient sur ses épaules, un œil moins exercé que celui d'Arnold n'eût pas tardé à nommer Marguerite; et d'ailleurs Arnold l'avait bien plutôt devinée avec le cœur qu'il ne l'avait reconnue avec les yeux. Ce n'était pas la première fois que le regard du sculpteur parcourait les lignes harmonieuses des formes de Marguerite; bien souvent, au contraire, dans les longues soirées qu'il passait naguère chez le vieux professeur, il s'était oublié à contempler avec amour l'idéale beauté allemande dont Marguerite offrait sans contredit le type le plus parfait.

Elle seule avait, au dernier degré, cette grâce touchante du corps, cette voluptueuse langueur des mouvements, cette douceur voilée du regard, qui révèlent une nature toute d'amour et de dévouement. Combien de fois Arnold s'était-il laissé entraîner par le charme magnétique qui semblait flotter incessamment autour de Marguerite ; combien de fois était-il sorti de la maison du père Traub le cœur débordant d'amour, la tête en feu, l'âme tourmentée de désirs impérieux ; combien de fois, dans la solitude amère de ses nuits, n'avait-il pas cherché à étouffer dans son germe cette passion effrénée qui gonflait sa poitrine ! Arnold avait vaincu cependant ; mais il avait gardé de la femme qui avait traversé ses rêves une chaste et pure image qu'aucun sentiment n'eût pu arracher de son cœur ; et c'était encore dans la contemplation de cet être qui lui était si cher qu'il puisait, aux mauvais jours, la force et le courage qui lui manquaient.

Marguerite était bien changée, elle aussi !... elle avait eu depuis quelque temps ses luttes et ses combats; elle avait souffert et pleuré; elle avait eu ses heures de doute, de désespoir peut-être, mais, comme Arnold, elle avait vaincu.

Hélas ! la victoire coûte toujours cher, et l'on ne se retire jamais du champ de bataille sans blessure.

Marguerite avait perdu le joyeux incarnat de ses joues, la sainte pureté de son front, la douceur voilée de son regard ; elle avait maigri, ses joues s'étaient creusées, son œil était devenu terne, des rides précoces sillonnaient son front. Elle avait vieilli, la pauvre enfant ! Ce n'était plus déjà cette rieuse jeune fille qui, le matin, chantait à la fenêtre, saluant l'aube matinale qui blanchissait à l'horizon, allant et venant dans la maison, qui courait à travers le jardin en fleurs, les pieds à peine chaussés dans d'élégantes pantoufles, sans souci de la rosée, sans crainte des regards indiscrets ; en vieillissant, une affreuse mélancolie était descendue en elle, et l'avait glacée ; elle avait senti peu à peu tous les bons sentiments de son enfance la quitter sans retour : la foi, l'espérance, la charité étaient parties en se donnant la main, au moment où le doute s'abattait sur son cœur, comme un oiseau de proie, et elle était restée seule, courbée sous le poids de sa douleur... Elle avait bien vieilli !

Arnold était debout devant Marguerite ; au moment où elle leva son voile, il se rapprocha d'elle.

— Marguerite, lui dit-il, je désirais bien vivement vous voir et vous parler, mais je n'osais aller vous trouver, et puis, je n'ai pas voulu troubler inutilement la solitude dont je comprenais que votre douleur devait avoir besoin. J'attendais que vous me fissiez appeler.

Marguerite remercia Arnold par un regard douloureusement triste.

— Arnold, dit-elle après un moment de silence pénible, je vous remercie de cette attention, je l'apprécie comme elle doit l'être, et je vous en suis reconnaissante. La solitude m'a en effet fortifiée; le courage qui m'avait d'abord abandonnée m'est revenu peu à peu;

maintenant je puis vivre, je puis attendre ; il y a des moments même où j'espère encore.

— C'est un cœur honnête et loyal ; il a pu céder à un moment d'entraînement, mais il reviendra, soyez-en sûre.

— Il est donc parti ?...

— L'ignorez-vous ?

— On me l'avait dit, je ne pouvais y croire...

— Pauvre Marguerite !

Arnold se tut ; les mains jointes et pendantes, il contemplait tristement la pauvre abandonnée, qui, le regard fixe, attaché au parquet, semblait abîmée dans de sombres préoccupations. Enfin, elle redressa la tête, et levant sur Arnold un regard suppliant :

— Arnold, lui dit-elle, ne me cachez rien de ce qui est arrivé... je veux tout savoir ; où est-il maintenant ?

— A Kautsfein, répondit Arnold.

— Il n'y est pas seul, n'est-ce pas ?

— Mais...

— Dites... oh ! dites ; je suis forte, je serai courageuse...

— On dit que Bianca l'y a suivi...,

— Oui. On la dit jolie, cette femme ; elle doit l'être... elle l'aime, elle l'aime mieux que moi, sans doute ; ce qui la rend si belle, c'est de se sentir aimée : la femme heureuse est toujours belle... mon Dieu !

Marguerite laissa tomber son front dans ses deux mains et pleura.

Elle se rappelait que, elle aussi, elle avait été belle, aimée, heureuse, qu'elle avait été fière de sa beauté, orgueilleuse de son bonheur ! Alors Dieu lui dispensait largement les joies fécondes de l'amour ; alors elle buvait à long traits à la coupe des félicités terrestres ; alors son front rayonnait, son visage resplendissait, il y avait dans son âme un reflet des jouissances du ciel, un sonore écho des harmonies éternelles. Elle se complut un instant à réédifier ainsi son passé détruit, à regretter ce qui n'était plus, à désirer le retour de ce qui était perdu à jamais ! Le spectacle du passé lui rendit le présent encore plus insupportable, et elle frissonna dans tout son corps, quand elle vint à penser que Carl avait fui vers Kautsfein et qu'il l'avait abandonnée, seule, avec son amour et son désespoir.

— Arnold, dit-elle tout à coup avec vivacité, y a-t-il loin de Munich à Kautsfein ?

— Quinze lieues environ, répondit Arnold.

— Les chemins sont-ils praticables dans ce moment ?

— Je crois qu'ils le sont.

— Même pour les voitures ?

— Même pour les voitures.

— Arnold, voulez-vous m'accompagner ?

— Où allez-vous ?

— Je partirai demain pour Kautsfein.

— Y pensez-vous ?

— Je veux revoir Carl.

— Carl !

— Craignez-vous qu'il ne me repousse ?

— Ne le mettez pas du moins à cette épreuve.

— Ah ! vous doutez de son cœur ?

— Je doute de sa raison !

— C'est un cœur honnête et loyal, disiez-vous, Arnold : vous me trompiez donc !

— Peut-être me trompais-je moi-même !

— Rassurez-vous, dit alors Marguerite avec une émotion impossible à décrire, je connais le cœur de Carl, moi aussi, et je sais qu'il est certaines paroles auxquelles il ne sera pas insensible.

— Que voulez-vous dire ?

Marguerite s'était levée ; son front, d'un blanc mat, s'était perlé d'une sueur fine ; une subite pâleur s'était répandue sur son visage ; ses prunelles lançaient des regards brillants.

— Je veux dire, reprit-elle en cherchant de ses deux bras à comprimer son sein qui battait avec violence, je veux dire, Arnold, que si le déshonneur ne devait atteindre que moi seule, je m'offrirais sans crainte à ses coups ; le martyre de la honte grandit quelquefois ! mais ce n'est pas pour moi seule que je crains l'avenir, Arnold, et voilà pourquoi je veux voir Carl !

— Que craignez-vous donc, Marguerite ?

— La honte ne me frappera pas seule, vous dis-je...

— Votre père !...

— Non, Arnold, mon enfant !...

Arnold s'appuya contre la cheminée ; il laissa retomber sa tête sur sa poitrine et se tut.

L'aveu de Marguerite venait de briser à jamais l'autel sacré qu'il lui avait élevé ; Marguerite venait, de ses propres mains, de déchirer le voile pur derrière lequel il l'avait toujours adorée ; la pauvre enfant avait, sans s'en douter, creusé un abîme infranchissable entre elle et Arnold.

Alors seulement ce dernier comprit combien il l'avait aimée, quel saint amour il lui avait voué, de quelle adoration il l'avait entourée jusqu'à ce jour. Au déchirement qui se fit en lui, il put mesurer à quelle profondeur ce sentiment avait poussé ses racines, et quelle place il occupait dans son cœur.

Et comme Marguerite, un instant auparavant, il fit, lui aussi, un amer retour vers le passé, et embrassa d'un coup d'œil cette période de trente années qui s'étaient écoulées, et qu'il avait laissées derrière lui, et son enfance et sa jeunesse ; il revit à la fois et ce qui l'avait ému et ce qui l'avait trouvé indifférent ; sa pensée évoqua d'un seul coup cette longue suite de douleurs qui l'avaient abreuvé, depuis la mort de sa mère jusqu'à celle de son père ! Il vit comment toutes les affections sur lesquelles il s'était appuyé d'abord ou l'avaient quitté ou s'étaient brisées, depuis Carl jusqu'à Marguerite... Il compta combien d'amitiés étaient venues s'asseoir à son foyer, combien lui avaient serré la main, et qui à cette heure lui manquaient ; il énuméra combien de sympathies il avait vues naître, qui s'étaient depuis longtemps ou depuis peu retirées de lui ! Il dépouilla hardiment sa vie de toutes les illusions mensongères auxquelles son imagination avait cru ; amitiés, affections, sympathies, il les analysa toutes, sans pitié pour les autres comme pour lui-même ; et quand il eut achevé son œuvre terrible de destruction, il se trouva seul, au milieu des débris amoncelés du passé, trop vieux déjà pour tenter de nouvelles luttes et s'exposer à de nouveaux désenchantements, trop jeune encore, cependant, pour étouffer tout espoir et renoncer à l'amour !

D'ailleurs, quoi qu'il fît, et quoi qu'il lui arrivât, Arnold possédait dans son cœur une inépuisable source de charité et de grandeur. Il avait déjà bien souffert, il avait bien souvent trempé sa lèvre au calice d'amertume et de fiel, et cependant rien encore n'avait pu altérer l'inaltérable bonté de son caractère.

Aussi, quand après ce retour sur lui-même son esprit vint à s'arrêter tout à coup sur la position de Marguerite ; quand, après s'être demandé quelle part lui était réservée dans l'avenir, il vint à se demander également quelle part était réservée à Marguerite ; quand enfin son regard, se tournant lentement vers la jeune fille, alla tomber sur son front encore si pur, et qu'il aperçut les nobles larmes qui coulaient silencieusement le long de ses joues pâles, un profond sentiment de pitié s'éleva dans son cœur et une douce tristesse s'empara de son âme. Il ne pleura pas; il n'éprouva pour Marguerite ni haine ni dédain; il respecta en elle les derniers débris de cette foi sainte des jeunes ans dont elle cherchait encore, avec des efforts désespérés, à faire un rempart à son amour; il s'avança vers ce pauvre ange déchu les yeux baissés et lui tendit les mains.

— Marguerite, lui dit-il simplement, quand partirons-nous pour Kautsfein?

Marguerite attendait la réponse d'Arnold avec une horrible anxiété. Le silence qu'il avait gardé jusqu'alors l'avait glacée jusqu'au fond de l'âme; elle avait craint un moment de trouver en lui un juge au lieu d'un ami; elle ne put entendre sans émotion les paroles simples et dignes par lesquelles il répondait à son aveu.

— Arnold! Arnold! s'écria-t-elle en fondant en larmes et en baisant avec transport la main que le sculpteur lui tendait, vous êtes bon et généreux! Oh! merci, merci...

Elle n'acheva pas; les sanglots emplissaient sa poitrine; son cœur s'était brisé; toute sa force l'abandonnait.

— Marguerite, dit alors Arnold, gardez-vous de trop espérer de l'avenir; Carl a brisé violemment les liens qui l'unissaient à vous; qui sait s'il consentira jamais à les renouer!

— Oh! ne parlez pas ainsi, répondit Marguerite; Carl est égaré, mais il a foi en vous, mais il m'aime; il m'a aimée, du moins. Et puis, songez-y donc, vous son frère, Carl voudrait-il repousser la mère de son enfant?

— Non, vous avez raison, Marguerite! eh bien! partons, partons; les moments sont précieux. Aujourd'hui, il est temps encore, demain peut-être il serait trop tard.

— Partons! répéta Marguerite.

Et tous les deux se précipitèrent vers le vestibule.

Au même instant, et comme Arnold poussait déjà la porte devant lui, apparut au dehors, immobile et fixe comme une statue, la grave et sévère figure du père Traub.

Marguerite poussa un cri et tomba à genoux.

XIV

LE PÈRE ET LA FILLE.

Le père Traub s'avança lentement vers sa fille, et après être resté un instant debout à la contempler:

— Marguerite, lui dit-il d'un ton sévère, qu'êtes-vous venue faire ici?

— Mon père!... essaya de répondre Marguerite, qui, à genoux devant le père Traub élevait vers lui ses deux mains suppliantes.

— Répondez-moi, fit le vieillard d'un ton sec et bref.

— Marguerite était venue me demander des nouvelles de Carl, répondit Arnold.

— Ah! c'est bien! murmura le père Traub en se tournant légèrement vers celui qui parlait.

Puis, après un moment de silence pendant lequel il parut réfléchir profondément, il se retourna de nouveau vers sa fille:

— Marguerite, lui dit-il, mais cette fois d'une voix douce et émue, pourquoi as-tu quitté ainsi notre maison ce matin? Tu mérites d'être grondée, mon enfant,

mais je n'en ai pas la force ni le courage; relève-toi, Marguerite, et viens près de moi.

Marguerite se releva vivement et sauta d'un bond dans les bras de son père.

— Vous ne m'en voulez plus, dit-elle en lui présentant son front; n'est-il pas vrai, mon père, vous ne m'en voulez plus, vous me pardonnez?

— Oui, je te pardonne, pauvre chère, poursuivit le vieillard en jetant sur Marguerite un indicible regard de méfiance, mais promets-moi une chose, mon enfant.

— Laquelle, mon père?

— C'est de ne plus sortir ainsi seule, de ne plus me quitter, de rester près de moi: tu me le promets? C'est bien peu de chose, et cela me rendra heureux...

— Oh! je vous le promets!

Le père Traub se tut.

Un instant, Marguerite avait pu craindre que son père, caché derrière la porte, n'eût, en prêtant attentivement l'oreille, saisi au passage quelques-unes des paroles qu'elle avait échangées avec Arnold; et, en effet, l'apparition quelque peu théâtrale du père Traub avait pu autoriser cette crainte. Marguerite n'avait pas tardé à se désabuser; eût-elle conservé quelques doutes à ce sujet que les dernières paroles de son père les eussent entièrement détruits. Il était évident qu'il n'avait connaissance que des projets de départ pour Kautsfein, et qu'il voulait, en faisant promettre à sa fille de rester près de lui et de ne jamais sortir seule, l'empêcher de mettre ces projets à exécution.

Cependant le père Traub s'était assis auprès de l'une des fenêtres; il fit asseoir Marguerite auprès de lui, et lui dit à voix basse:

— Vois-tu, mon enfant, tu as eu tort de venir trouver Arnold; certes, c'est un homme généreux que l'aîné des fils de mon vieux ami Hermann, mais il est toujours dangereux de faire de semblables démarches; tu comprends cela; il faut garder ses secrets pour soi seul, ou ne les confier qu'à son père. Pauvre Marguerite! si tu savais comme le monde est méchant; il faut bien y prendre garde, vois-tu... Moi, je sais cela; ils m'ont abreuvé d'amertume; j'ai été bien malheureux aussi; tu l'ignorais; je te le dirai quelque jour, car désormais, tu ne me quitteras plus, n'est-ce pas?

— Oh! non! non! mon père, répondit Marguerite.

— Et puis, poursuivit le père Traub en regardant soupçonneusement autour de lui comme un homme inquiet et préoccupé, il se passe de singulières choses dans Munich: les temps sont mauvais, la misère est affreuse; il y a de sourdes rumeurs; le peuple crie; le gouvernement a peur. Il est dangereux de se hasarder seul dans les rues... Qui sait ce que nous allons devenir? moi, je l'ignore! Quelque révolution se prépare... ils sont fous, ils se battront encore pour des mots... Les hommes sont de grands enfants... Dans ces temps de bouleversements, ma pauvre Marguerite, chacun tire à soi un lambeau de l'existence commune; on devient égoïste; l'égoïsme est une vertu qu'ils ont faite... Ah! autrefois... mais aujourd'hui... des mots sans but et des actions pareilles... la pauvreté sous toutes les formes... cela fait pitié...

Le vieux professeur se mit à sourire tristement et à remuer la tête; puis il reprit:

— Je te parle de choses graves qui ne t'intéressent pas, est-ce vrai? Tu as raison... je te raconterai tout cela... plus tard, un autre jour... mais si je te dis ces choses aujourd'hui, et dans ce moment, c'est que...

Et s'interrompant tout à coup au milieu de sa phrase, le père Traub interrogea d'un regard troublé les moindres coins de l'atelier; il continua bientôt après, d'une voix tellement basse que c'est à peine si Marguerite l'entendit:

— C'est que, pour ton bonheur dans ce monde, mon enfant, je veux te mettre en garde contre les paroles menteuses qui pourraient un jour s'élever autour de toi et troubler ton repos; nous sommes exposés à rencontrer à nos côtés tant de natures perverses, si tu savais... Le malheur vient de la perversité des hommes. Les misérables! ils abuseraient de ta candeur et de ton innocence; ils se feraient contre toi une arme terrible de ton innocence; ils surprendraient tes paroles et les dénatureraient sans pitié... Oh! Marguerite... défie-toi des hommes! ne les approche jamais... ferme tes yeux, tes lèvres et tes oreilles quand tu les verras venir à toi, car leur race est méchante et maudite!

Marguerite entendit à peine ce que lui disait son père; tout son cœur, toute sa pensée, étaient à Krautsfein; elle voyait Carl, elle l'écoutait, elle le regardait, et, au moment où le vieux professeur recommandait à sa fille de fermer ses yeux, ses lèvres et ses oreilles, celle-ci ouvrait son cœur aux douces paroles de repentir que Carl semblait murmurer à ses côtés.

Quant à Arnold, il prêtait aux discours diffus du vieux professeur une attention singulièrement avide.

Depuis quelques instants, en effet, il avait fait d'étranges remarques, à la suite desquelles une idée affreuse avait traversé son cerveau. Appuyé froidement en apparence contre le marbre de la cheminée, il prêtait une oreille attentive à ce que disait le père Traub, et suivait du regard chacun de ses gestes. Il y avait à la fois, dans le geste et dans la parole du père Traub, quelque chose de puéril et de grave, une fixité singulière dans le regard, une vigueur inaccoutumée dans les diverses attitudes qu'il prenait. Longtemps Arnold hésita, longtemps il chercha à donner à cet état excentrique une cause naturelle, repoussant de toutes ses forces cette fatale idée qui l'envahissait presque malgré lui; mais son épouvante allait croissant; il sentait une terreur glaciale monter peu à peu à son cœur, et ses cheveux se dresser d'horreur sur son front.

Cependant le père Traub s'était levé et venait de s'approcher du sculpteur.

Son visage avait pris une teinte sombre et mystérieuse; il saisit le bras d'Arnold, et posant son doigt osseux et décharné sur ses lèvres, il lui dit:

— Venez!

Et il l'entraîna dans un coin de l'appartement.

Quand ils s'y trouvèrent seuls, assez éloignés de Marguerite pour que celle-ci n'entendît pas le bruit de leurs paroles, le vieillard se pencha à l'oreille d'Arnold:

— Vous êtes un homme d'honneur, Arnold, lui dit-il; vous aimez Marguerite; votre père a été mon ami; je vous ai vu naître... Vous êtes bon, loyal, généreux, j'espère que vous n'abuserez jamais de l'aveu qu'elle vous a fait.

— Quel aveu? s'écria Arnold.

— Chut!... fit le vieillard.

Et il tourna vers Marguerite deux yeux où se lisait une tendre pitié.

— Elle est là, reprit-il aussitôt après, la pauvre enfant; ne la voyez-vous pas, triste, le front penché, le cœur gros? Voyez comme son attitude est pensive! Elle a bien du chagrin, ma pauvre Marguerite; elle a fait un rêve affreux... Maintenant elle regrette... Moi seul, voyez-vous, je sais ce qu'elle a souffert, et combien elle a pleuré... J'avais mis bien des espérances sur son front si pur, sur son âme si belle. Hélas! toutes ces espérances se sont évanouies! Tenez... la voilà qui nous regarde... Venez de ce côté... elle ne nous verra pas; elle ne pourra lire ici tout ce qu'il y a de douloureuse pitié, de sainte compassion dans notre regard; sans cela, il se pourrait faire qu'elle prononçât comme tout à l'heure, avant mon arrivée, des paroles insensées, qui lui seraient suggérées par sa folie...

— Que dites-vous?

— Oh! je sais tout... ajouta le vieillard en remuant la tête; j'étais là, derrière la porte; j'ai tout entendu... mais il ne faut pas attacher d'importance aux discours d'une pauvre folle...

— Marguerite?...

— Ne parlez pas si haut, elle vous entendrait... Regardez-la, elle vient de s'asseoir, elle songe... à quoi? Dieu seul le saura désormais! Mais voyez comme son regard est fixe; ses cheveux retombent en désordre sur ses épaules... elle est à peine vêtue pour le temps qu'il fait... Vous croyez peut-être que je vous en impose, Arnold... c'est peut-être moi qui suis fou; après tout... ce serait drôle! Ah! ah! ah!...

Et le père Traub se mit à rire tout haut.

Un frisson mortel glissa sur les os d'Arnold. Le malheureux professeur était réellement fou; il n'y avait plus à en douter!

A l'éclat de rire que venait de pousser son père, Marguerite releva subitement la tête, et toutes les fibres de son cœur tressaillirent violemment.

Alors les paroles vagues et sans ordre que le vieillard avait dites lui revinrent tout à coup à la mémoire et jetèrent sur ses doutes naissants une fatale lumière. Elle tourna les yeux vers son père et fut frappée de la profonde altération de ses traits et de l'expression insolite de son visage, et elle aussi se sentit prise d'une indicible épouvante, d'un vertige insensé...

Elle se leva.

Elle doutait encore, elle ne croyait pas, elle ne voulait pas croire aux pressentiments impérieux qui s'emparaient d'elle, et pourtant elle resta comme clouée à sa place, raide, immobile, cherchant en vain, dans sa propre épouvante, le courage de se precipiter en avant, d'aller présenter elle-même son propre sein au coup dont elle se sentait menacée! Elle n'eut pas la force de faire un pas, et retomba presque sans vie sur le siége qu'elle venait de quitter.

Arnold fut bientôt près d'elle.

La scène qui se passa alors est une des plus déchirantes qu'il soit donné à l'homme de raconter.

Le père Traub était entré dans une phase d'insensibilité complète: il s'était assis auprès de la porte, et là, pendant qu'Arnold tentait de rappeler Marguerite à la vie, il s'amusait à frapper de son doigt les vitres glacées de la seconde fenêtre. Il semblait avoir été subitement frappé de cécité et ne prenait absolument aucune part à ce qui passait autour de lui.

De son côté, Arnold, sans s'inquiéter davantage du père Traub, s'était placé à genoux devant Marguerite, cherchant par mille moyens à la faire revenir à elle. Il se doutait bien que le soupçon de la folie du vieux professeur était la seule cause de l'évanouissement de Marguerite, et pensait avec raison que, dans l'état où elle se trouvait, bien des ménagements seraient à prendre lorsqu'il s'agirait de changer ce soupçon en certitude.

Cependant Marguerite revint à elle: elle ouvrit les yeux, passa sa main fatiguée sur son front comme pour en chasser une pensée importune, et parut réfléchir ou rechercher la cause de cette émotion pénible dont elle ressentait encore les effets. Arnold suivait avec anxiété chacun de ses mouvements; il n'osait prononcer une parole, de peur de réveiller trop brusquement les souvenirs endormis de la jeune fille. Enfin le regard de Marguerite devint moins vague; elle embrassa les objets qui l'entouraient dans tous leurs contours précis, et se reposa un instant. On eût dit qu'elle se préparait à son insu à une nouvelle émotion plus cruelle encore que celle dont elle sortait à peine, et qu'elle appelait instinctivement à elle toutes les forces dont elle prévoyait avoir besoin.

— Arnold, dit-elle avec une certaine langueur douloureuse, où suis-je, et qu'est-ce donc que je ressens ?

— Revenez à vous, Marguerite, répondit Arnold en lui prenant les mains.

Marguerite le regarda un moment en silence.

— Arnold, dit-elle, j'ignore ce que j'éprouve, mais je souffre, oh! je souffre beaucoup! Que s'est-il donc passé ici? Ma mémoire me fait défaut. Voyons, je veux me rappeler.

Et elle passa encore une fois sa main sur son front; mais cette fois on eût dit que la pensée n'avait attendu que cette pression magique pour jaillir tout à coup du cerveau :

— Arnold, s'écria Marguerite avec feu, où est mon père? il était ici tout à l'heure, je l'ai vu... oh! je me rappelle.. attendez! attendez! Oui.. mon Dieu je croyais avoir fait un rêve affreux... mon père, où est-il! ah!.

Elle s'était levée malgré Arnold qui s'efforçait de lui cacher le père Traub, et s'était élancée vers ce dernier par un mouvement plein d'une spontanéité désordonnée.

— Mon père! mon père! dit-elle en venant tomber à ses pieds... regardez-moi, écoutez-moi; je suis Marguerite, votre fille bien aimée ... C'est moi qui vous parle; ne me reconnaissez-vous pas?

Le vieillard avait cessé de battre la vitre; il contempla un instant Marguerite et lui répondit avec indifférence :

— Vous vous dites ma fille, et moi je n'en ai plus! Vous voyez bien que vous vous trompez... Cette femme se trompe, ajouta-t-il en s'adressant à Arnold.

— Mon père!...

— Vous avez tort de sortir par le temps qu'il fait; il y a de sourdes rumeurs dans Munich...

— Mon père! mon père!

— Les gouvernements ont peur!

— Fou! il est fou! s'écria Marguerite qui tomba sur le parquet en se tordant les bras.

XV

DANS LES MONTAGNES.

La retraite que Carl avait choisie n'offrait rien d'attrayant, mais enivrés par les premiers bonheurs d'une liberté sans contrôle, les deux amants y avaient trouvé tout le charme qu'aurait pu présenter une habitation plus conforme à leurs goûts.

L'habitation consistait en une petite maison assez nue, dévastée quelque temps auparavant par les Compagnons noirs, et que Burger avait mise à la disposition de Carl, lors de la fuite de ce dernier. Burger était tantôt à Munich, tantôt à Kautsfein, tantôt dans les environs ; il venait rarement voir les deux amants, et s'occupait lui-même activement des préparatifs de son prochain départ.

Carl se trouvait donc seul avec Bianca, sans témoin importun, seul avec son amour, libre de toute contrainte, s'oubliant dans les joies exquises d'un amour ardemment partagé. Il n'y avait plus rien pour lui sous le ciel que Bianca; son habitation lui semblait un palais enchanté, il n'y avait pas jusqu'au paysage abrupte dont

il était entouré qui n'excitât en lui des émotions étranges qui toutes concouraient à jeter sur son front ce rayonnement magique des grandes joies.

Bianca, de son côté, s'était laissé emporter par un enivrement enthousiaste; elle avait accepté sa nouvelle position avec une énergie désespérée; elle s'était plongée avec un délicieux frémissement dans cette vie de hasards et de dangers. Aucune hésitation n'avait ébranlé ses résolutions; elle avait marché hardiment vers son affranchissement illégal, et libre enfin des liens que le mariage lui avait si longtemps imposés, heureuse, presque fière de cette liberté nouvellement conquise, elle avait vu tout à coup l'horizon s'agrandir autour d'elle; elle avait senti un air pur et sain passer sur ses lèvres avides, et tous ces petits sentiments que le commerce du monde avait entretenus, s'effacer ou s'éteindre dans son cœur. Un seul sentiment devait désormais y prendre la place qui lui convenait et l'emplir. Bianca s'abandonnait tout entière à son amour, trouvant là seulement l'oubli du passé et ce bonheur si longtemps rêvé qui lui avait toujours été refusé.

Bianca était une nature ardente, forte, complète, également apte à l'amour et à la volupté; elle avait à la fois et le désir et la volonté de connaître, et, incessamment tourmentée par cette curiosité inquiète qu'elle n'avait pas encore satisfaite, elle sentait, à chaque instant, naître dans son cœur les besoins impérieux de mille passions inassouvies.

Alors son regard s'allumait, sa poitrine se gonflait, ses narines se dilataient, un frisson courait sur sa peau; elle devenait folle! L'aspect sauvage de la nature qui l'entourait, les bruits étranges qu'elle entendait passer au milieu de ses nuits agitées, le refrain lointain des ballades infernales que chantaient en passant près de son habitation les féroces Compagnons de Burger, toutes ces choses, et beaucoup d'autres encore, l'entretenaient dans un état de surexcitation nerveuse dont elle ne sortait que pour aller chercher dans les bras de Carl la satisfaction insensée de ses désirs.

Il n'y avait encore que cinq ou six jours que Carl et Bianca habitaient près de Kautsfein, et ils n'attendaient qu'un moment favorable pour s'éloigner à jamais de la Bavière. Bianca devait se retirer en Italie, dans sa famille, et là continuer, loin de son époux, la vie qu'elle avait si audacieusement inaugurée. Carl devait l'y suivre et s'y livrer à l'étude de son art.

Les petits obstacles sont les plus grands malheurs de la vie.

Carl et Bianca n'eussent certainement jamais songé à s'arrêter à Kautsfein si, dans les préoccupations sans nombre d'une fuite précipitée, ils n'eussent l'un et l'autre oublié à Munich l'argent qui devait les mettre à même de continuer leur voyage. A peine sortis de Munich, ils s'étaient aperçus du fatal oubli, et Carl s'était empressé de dépêcher un des affidés de Burger vers un ami qu'il avait laissé dans la capitale de la Bavière; il n'attendait plus que le retour de cet affidé pour dire un éternel adieu à sa patrie.

Un soir, Bianca se trouvait assise près de la fenêtre, Carl était devant elle.

L'habitation qu'ils occupaient n'avait qu'un étage. Le rez-de-chaussée était habité par un des bandits de Burger qui leur servait de valet; les deux amants s'étaient réservé le premier étage.

Bianca était triste et souffrante. Au dehors le paysage offrait un aspect abrupte et sauvage; la campagne semblait désolée. La nuit était venue; la lune montait à l'horizon, éclairant de sa lumière vaporeuse le sombre panorama qui se déroulait au loin. D'énormes blocs de nuages sillonnaient le ciel, chassés par un vent lourd ; quelques larges gouttes de pluie venaient mouiller les vitres de la fenêtre.

La chambre dans laquelle se trouvaient Bianca et son amant n'avait pour tout ornement qu'un lit, quelques chaises et une table; le tout en très-mauvais état. Les murs étaient blancs et nus. Quelques broussailles humides et encore chargées de neige pétillaient dans l'âtre; une chandelle fumait dans un chandelier de fer. Bianca, vivement impressionnée par le spectacle du dehors, se retourna un moment vers l'intérieur de la chambre, et pour la première fois, se sentant gagner par une sorte de terreur inexplicable, elle frémit. Elle regarda autour d'elle avec épouvante, et ne voyant à ses côtés que Carl qui pût la défendre contre ses propres terreurs, elle tendit vers lui ses mains désespérées.

— Carl, lui dit-elle, j'ai peur!

— Peur! répondit Carl, et pourquoi; Bianca?

— Je ne sais...

— Nous sommes seuls...

— C'est cela, nous sommes seuls, et j'ai peur...

— Ne suis-je pas près de toi, Bianca; doutes-tu de mon courage à te défendre?

— Je ne doute de rien, Carl, ni de ton amour ni de ton courage, mais je ne puis me défendre moi-même contre les épouvantes soudaines qui m'envahissent quand la nuit tombe autour de notre demeure. Vois comme le paysage est sombre, quelle désolation, quels sauvages aspects! regarde même ici, comme tout est froid et nu; cela serre le cœur...

— Enfant, interrompit Carl en passant son bras autour de la taille souple de Bianca et en déposant un baiser sur son front; enfant, qui trembles déjà et qui as peur! Et que t'importe à toi ce paysage sombre qui t'environne, cette nudité qui t'entoure? Que d'autres s'attristent quand leur regard s'arrête sur ces aspects sauvages; qu'ils pleurent ou rient, selon que la nature est triste ou joyeuse, nue ou parée; pour nous, Bianca, la vie sera une fête éternelle; nous n'habitons plus ce monde; l'amour nous a transportés vers les sphères infinies. Vois devant toi se dérouler les horizons sans fin qu'inonde à jamais une lumière éblouissante; écoute les sublimes harmonies des anges qui sont tes frères; oublie, pauvre enfant aimée, que tu as été femme, que tu as souffert, que tes pieds se sont posés un jour dans notre fange civilisée; oublie que ton cœur a saigné et, régénérée enfin, purifiée par les saintes joies de l'amour, abandonne-toi sans remords à l'avenir qui t'attend.

Bianca écoutait les paroles de Carl, qui tombaient sur son cœur comme une rosée bienfaisante et le rafraîchissaient; elle eût voulu suivre le conseil qu'on lui donnait, et oublier toutes ses souffrances, mais elle n'y put réussir, et les images qui l'avaient épouvantée revenaient sans cesse s'offrir à son esprit.

En ce moment, elle entendit venir de loin, comme un bruit confus de voix humaines qui, mêlées aux voix plus puissantes de la tempête qui se préparait, formaient un des plus étranges concerts qu'il soit donné à l'homme d'entendre.

Le chant était original, autant que Bianca put en juger par les lambeaux épars que le vent lui apportait : — tantôt large et puissant, grandissant avec la tempête; tantôt faible et sans force, s'affaiblissant insensiblement, et se perdant peu à peu dans un lointain vague et indécis.

Bientôt, le chant devint plus distinct, — les voix se rapprochaient; elles n'étaient déjà plus fort éloignées.

Bianca plongea son regard sur la campagne et aperçut à quelque distance un groupe innombrable d'hommes et de femmes qui s'avançaient vers sa demeure; la lumière capricieuse de la lune leur donnait à chacun des proportions singulières, impossibles.

La bande s'arrêta à vingt pas environ de l'habitation des deux amants et parut se disposer à faire une halte. Hommes et femmes se rangèrent en cercle et reprirent, après quelques instants d'un silence préparatoire le chant que Bianca avait déjà entendu. Mais cette fois elle put saisir dans son ensemble tout ce chœur original, dont la mâle harmonie empruntait encore une certaine beauté à l'heure et à l'endroit où il était chanté.

« Voler, tuer, disaient-ils, faire la débauche, voilà ce « qui s'appelle passer son temps! Demain, nous serons « pendus au gibet, amusons-nous aujourd'hui.. Nous « menons une joyeuse vie, une vie de délices; la forêt « est notre quartier nocturne; nous campons sous le « vent et l'orage; la lune est notre soleil, Mercure est « notre dieu !

« Aujourd'hui nous nous convions chez le prêtre, de-« main chez le riche fermier, et, quant au reste, c'est « l'affaire du bon Dieu!

« Et quand nous avons lavé notre gosier avec le jus « de la grappe, nous avons de la force et du courage. « Nous formons un pacte de confraternité avec l'esprit « noir qui rôtit les âmes dans l'enfer! Lorsque viendra « notre dernière heure, lorsque le bourreau nous sai-« sira, alors nous aurons notre récompense : nous grais-« sons nos bottes... Sur la route, un petit coup de vin « généreux, et, hourrah! hourrah! nous voilà partis! »

C'étaient les Compagnons noirs.

Bianca les avait vus souvent rôder autour de son habitation ; mais jamais leur présence ne l'impressionna autant qu'en ce moment. Tous les sentiments qui engendrent la terreur se pressaient en foule dans son cœur éperdu. De concert avec la nuit, son épouvante évoquait au dehors mille fantômes, et elle cherchait en vain dans les bras de Carl un refuge contre les pressentiments funestes qui l'assaillaient.

Carl lui-même ne savait pourquoi son cœur s'était pris à battre, pourquoi il se sentait pâlir et trembler, pourquoi son regard, comme celui de sa maîtresse, s'effrayait de ne s'arrêter que sur des fantômes insaisissables; et quand, un instant après, la réalité se présenta à son esprit, dépouillée de la fantasmagorie dont la nuit l'enveloppait, quand il put réfléchir plus sainement et qu'il se vit, pour ainsi dire, à quelques pas seulement d'une horde de forcenés, il comprit tout ce que sa position présentait en ce moment de difficultés terribles.

Il était seul pour défendre Bianca, et frémissait rien qu'en songeant que la pensée pourrait venir à ces brigands d'essayer une descente dans son habitation; mais ils devaient en être quittes pour la peur.

En effet, après quelques moments de repos, la bande s'ébranla de nouveau, et se reformant peu à peu, par groupes distincts, mêlés d'hommes et de femmes, elle reprit sa route un instant interrompue. Pendant quelques minutes, Bianca et Carl entendirent encore leurs voix énergiques répéter le chœur des brigands de Schiller, puis les voix allèrent s'affaiblissant, jusqu'au moment où un silence confus remplaça ce tumulte passager.

Carl respira.

— Ils sont partis, dit-il alors d'un ton dont il chercha vainement à dissimuler l'émotion...

— Non pas tous! repartit vivement Bianca.

— Que veux-tu dire? s'écria Carl.

— Regarde!

Et le doigt de Bianca se dirigea vers l'endroit que venaient de quitter les Compagnons noirs.

Le père Traub, devenu fou, ne reconnaît plus Marguerite.

Un homme, placé sur une éminence qui dominait la route, et éclairé, en plein corps, par la lune, détachait sur le ciel sombre sa vigoureuse silhouette.

Carl sourit.

— C'est une visite qui nous arrive, dit-il légèrement; nous allons connaître les nouvelles de Munich.

— Quel est donc cet homme? demanda Bianca.

— Cet homme est Burger.

Ainsi que l'avait supposé Carl, l'homme dont il avait admiré la silhouette ne tarda pas à se diriger vers l'habitation, le fusil sur l'épaule, et vint frapper à la porte.

Carl ouvrit et Burger entra.

Ce dernier déposa son fusil dans un coin de la salle du rez-de-chaussée, frappa le parquet de ses souliers ferrés pour les débarrasser de la neige dont ils étaient couverts, et suivit Carl, qui l'introduisit auprès de Bianca.

Burger n'était pas dépourvu d'une certaine élégance; il salua fort galamment madame Kindler, et ayant lui-même pris un siége, il se plaça près du foyer.

Il y a des femmes qui, dans le commerce du monde, ont tellement pris l'habitude de la coquetterie et des manières affectées, qui se sont si bien identifiées avec cette manière d'être, qu'elles conservent, dans les circonstances même les moins habituelles de la vie, cette grâce exagérée, cette politesse tout à la fois froide et empressée, dont la fréquentation d'une société faite de mensonges leur a imposé la nécessité.

Bianca était ainsi.

Assurément Burger était trop en dehors des conditions ordinaires pour qu'elle le regardât autrement que comme un chef de bandits; et cependant, dès qu'elle le vit entrer et s'asseoir dans cet appartement nu et délabré, elle composa son maintien, pencha coquettement sa charmante tête sur son épaule, ajusta les plis de sa robe et se mit à jouer avec un joli flacon de cristal d'une façon nonchalante, qui, pour être affectée, n'en avait pas moins infiniment de grâce.

Burger n'y prit pas garde.

— Vous venez de Munich? lui demanda Carl, dès qu'il l'eut vu s'asseoir et allonger brusquement ses pieds humides de neige auprès du feu.

— Je viens de Munich, répondit Burger; j'ai rejoint mes compagnons, qui m'attendaient à une lieue d'ici, et, comme je passais près de votre habitation, je n'ai pas voulu m'éloigner sans venir vous souhaiter le bonsoir.

Carl s'inclina.

— Et que disait-on à Munich, quand vous en êtes parti? demanda-t-il de nouveau.

— Hum! fit Burger en haussant les épaules; ces hommes-là sont des imbéciles...

— De qui parlez-vous?

— Du gouvernement.

— Que fait-il donc?

— Une révolution.

— Une révolution!

— Oui, ou un coup d'État, comme ils appellent cela... Je les ai aidés, mais ils n'y entendent rien. Ce sont des enfants... ils sont peureux, lâches et méchants.

— Et ils réussiront?

Le camp du Compagnon-Noir.

— A moins que votre frère ne s'en mêle...

— Arnold !...

— Arnold Hermann, le sculpteur !

Un silence embarrassant succéda à ces paroles. Carl était tombé dans une sorte de rêverie pénible, et Bianca avait baissé les yeux.

Burger souriait.

— Du reste, ajouta-t-il bientôt, à l'heure qu'il est, l'œuvre doit être accompli.

— Pauvre Bavière ! murmura Carl.

— Pauvre Bavière, dites-vous, monsieur Hermann, c'est si l'on veut... Et, si les Bavarois secouaient pendant quelques jours seulement leur stupide apathie, on verrait d'étranges choses... Mais cela ne me regarde pas.... et, d'ailleurs, je n'assisterai ni à la lutte ni au triomphe; je pars.

— Vous partez !

— Je pars dans quatre jours.

— Et où allez-vous ? demanda Bianca.

Jusqu'à ce moment, Burger n'avait pas détaché les yeux de la flamme qui tourbillonnait au fond de la cheminée; préoccupé de son départ ou des affaires qu'il venait de terminer à Munich, il n'avait pas encore songé à jeter un seul regard sur Bianca. La demande qui lui était adressée l'obligea à se retourner du côté de madame Kindler.

— Je vais à Paris, madame, répondit-il, et de Paris je passerai probablement en Amérique.

— En Amérique ! dit Bianca avec un enjouement admirablement feint, mon Dieu ! si loin que cela !...

— Oui, madame.

Après l'échange de ces quelques mots, Bianca voila son regard, qu'elle avait tenu constamment levé sur Burger, et se rejeta nonchalamment sur son siège.

Il n'en fut pas de même de Burger.

Dès que son regard eut rencontré celui de Bianca, il s'alluma d'une façon inaccoutumée, une rougeur subite monta à ses joues, son cœur se prit à battre précipitamment, et il sentit sa respiration se presser dans sa poitrine.

Burger pouvait avoir, à cette époque, environ cinquante ans; mais la vie active qu'il menait lui avait épargné cette précoce décrépitude que le temps imprime fatalement sur le front de tous ceux qui sont condamnés à vivre au milieu des misérables et absorbantes préoccupations de notre société. Burger était vigoureux, hardi, plein de verdeur; depuis longtemps sa pensée était tout entière aux choses matérielles et positives; il avait laissé, dans des travaux ardus, s'endurcir les derniers sentiments qui vécussent dans son cœur; mais, néanmoins, il y avait encore en lui une puissance secrète qui pouvait un jour se réveiller et jeter ses dernières flammes sur son cœur éteint.

Pendant quelque temps, il subit ainsi la fascination du regard langoureux de Bianca, et quand enfin ce regard fut voilé, Burger resta interdit et comme anéanti sous le poids d'une sensation inconnue. Alors, peut-être pour donner un aliment à sa pensée, il parcourut avec une magnétique avidité les contours harmonieux des formes de Bianca, qui se dessinaient voluptueusement sous sa robe de soie, et, épuisant jusqu'au bout ses ardeurs insensées, il rêva un moment que cette femme, dépouillée bientôt des voiles qui lui dérobaient ses trésors de beauté, allait venir chercher dans ses bras le seul bonheur que lui, Burger, pouvait désormais comprendre et désirer !

— Et n'avez-vous point d'autres nouvelles à nous annoncer ? demanda tout à coup le jeune sculpteur, que le silence de Burger commençait à embarrasser.

Cette phrase, dite d'un accent sec et presque impérieux, ramena brutalement Burger à la réalité de sa position. Il s'attacha à la contemplation muette de Bianca et se retourna vivement vers Carl, sur lequel il attacha un regard profond :

— Si fait ! répondit-il lentement, j'ai d'autres nouvelles à vous annoncer.

Et il se leva.

— Des nouvelles que tout le monde connaît à l'heure qu'il est, ajouta-t-il, et dont je voudrais ne pas avoir à vous entretenir.

— Qu'y a-t-il donc ? balbutia Carl, qui devint pâle...

Un imperceptible sourire glissa sur les lèvres de Burger.

— Votre départ a causé des malheurs... dit-il.

— Lesquels?... parlez ! parlez !

Carl s'était emparé de la main de Burger, et la serrait avec énergie.

Burger dégagea froidement sa main de l'étreinte de Carl.

— D'abord, dit-il en comptant ses mots comme s'il eût voulu jouir de l'effet des paroles qu'il allait dire, d'abord le père Traub est fou.

— Fou ! s'écria Carl.

Bianca, au nom du père Traub, avait subitement levé les yeux sur Burger.

— Et Marguerite? demanda-t-elle en tremblant.

Carl tressaillit et écouta.

— Marguerite! dit Burger en s'adressant à madame Kindler, on assure qu'elle va devenir mère !

Et en disant ces mots, le bandit salua et sortit.

Carl était tombé à genoux près de Bianca; il avait perdu connaissance.

II

UN CORDON DE SONNETTE.

Le lendemain du jour où Marguerite était allée trouver Arnold, il se manifesta dans Munich un singulier mouvement.

Les différents postes de la ville avaient été doublés; les soldats étaient consignés dans leurs casernes ; on ne rencontrait à chaque pas que des patrouilles errantes : l'aspect de Munich avait complètement changé. Dès six heures du soir, les magasins des quartiers les plus commerçants se fermaient comme par enchantement; de nombreux groupes stationnaient sur les places publiques ou au coin des rues ; des bandes d'ouvriers, d'étudiants et de bourgeois allaient et venaient par la ville, échangeant à voix basse, quand elles se rencontraient, quelques mots convenus qui leur servaient à se reconnaître réciproquement; elles prenaient toutes la même direction.

Les patrouilles et les bandes d'ouvriers s'arrêtaient parfois, quand le hasard les mettait en présence, et se mesuraient longtemps, semblant n'attendre, pour commencer la lutte, que quelque parole imprudente ou quelque provocation inconsidérée.

L'ordre n'avait pourtant pas été troublé.

Le motif de cette émotion populaire n'était pas d'ail-leurs précisément connu. On disait bien de toutes parts que le gouvernement voulait, la nuit même, tenter un audacieux coup d'État, mais on ne s'accordait pas le moins du monde sur l'importance de ce coup d'État. Nul n'aurait pu dire, au juste, jusqu'à quel point les mesures que le gouvernement allait prendre devaient compromettre les libertés de la Bavière. On savait confusément que la constitution était menacée, mais on ignorait de la manière la plus complète quelle était la valeur de cette menace.

En attendant que l'évènement vînt éclairer les dévouements et les haines, chacun prenait à part soi ses précautions.

À la veille d'un long voyage, on fait son testament.

À la veille d'une révolution, on doit faire son examen de conscience...

Et c'était curieux à voir, après les grandes divisions d'amis et d'ennemis du pouvoir, se glisser cette foule de courtisans vulgaires qui ne savent jamais quelle contenance garder en présence de péripéties aussi compromettantes.

Les uns, ceux-là étaient les plus courageux parmi les lâches, après avoir soigneusement fermé leur demeure au dehors, se barricadaient solidement au dedans, armaient leurs domestiques, et attendaient, en comptant les minutes et les secondes, que l'émeute qui grondait à l'extérieur fût entièrement calmée. Les autres, ceux-ci étaient les plus pâles parmi les plus blêmes, quittaient leur demeure avec épouvante, suivaient indifféremment les flots du peuple ou les flots de soldats que la tourmente révolutionnaire poussait en tous sens à travers les rues de Munich, se mêlaient à tout, écoutaient ce qu'on disait, et ne cessaient d'errer de ci et de là, comme des âmes en peine, craignant autant d'agir que de rester inactifs.

Ce spectacle était à coup sûr aussi curieux que triste.

Ce soir-là les esprits étaient profondément agités : chacun sentait approcher le moment fatal; il y eut un instant d'arrêt, instant solennel, pendant lequel chaque parti compta silencieusement ses forces, et attendit.

Le gouvernement ne voulait pas précipiter les évènements ni se donner les premiers torts; jusque-là, il n'avait rien fait encore qui dût soulever les susceptibilités nationales; des bruits sans consistance avaient été répandus, de sourdes rumeurs circulaient, mais il pouvait encore se dire calomnié. Il avait le bon côté.

Cette conduite, suggérée par M. Kindler, ne manquait pas d'habileté. A chaque instant, les passions populaires, adroitement excitées, acquéraient un développement redoutable; une imprudence, un mot, un rien, pouvait amener une collision; la faute n'était à personne, les apparences étaient gardées.

Jusque-là les choses s'étaient fort bien passées, et le gouvernement pouvait, sans trop d'aveuglement, s'applaudir d'avoir suivi le plan tracé par M. Kindler. Cependant, ce dernier ne comptait pas seulement sur les accidents qui devaient naturellement se produire. Il avait fait agir des instruments occultes, et c'est surtout au moyen de ces instruments qu'il espérait sortir victorieux de la lutte qui allait s'engager.

Depuis quelque temps, la nuit était venue; la nuit promettait d'être froide, le ciel étincelait d'étoiles, une bise glacée sifflait sourdement à tous les carrefours.

Arnold sortit seul de la maison qu'il occupait hors de la ville, et rentra dans Munich en se dirigeant vers la taverne du père Krudner. La taverne était pleine d'étudiants et d'ouvriers, tous membres de l'Association. Roderich se trouvait parmi eux.

Un morne silence régnait dans l'assemblée. On attendait Arnold. Contre son habitude, celui-ci s'arrêta sur le seuil de la taverne et fit demander Roderich.

Ce dernier accourut aussitôt.

— Eh bien! dit-il à Arnold dès qu'il l'aperçut quelles nouvelles?

— Aucune, répondit Arnold.

— Nos amis t'attendent.

— Le moment n'est pas venu encore; je reviendrai dans quelques instants.

— Où vas-tu?

— Chez M. Kindler.

— Est-ce possible?

Roderich crut qu'Arnold voulait le tromper; mais Arnold ne savait pas mentir.

— Et que vas-tu faire chez M. Kindler? reprit Roderich.

— Je l'ignore.

— Il t'a fait appeler?

— Il y a une heure.

Il y eut un nouveau silence.

— Arnold, dit Roderich, est-ce sérieusement que tu parles, et comptes-tu réellement te rendre chez M. Kindler.

— J'y vais de ce pas.

— Et tu ne crains pas que, dans les circonstances critiques où nous nous trouvons, au moment d'une collision redoutable, le gouvernement n'abuse de son pouvoir pour te retenir?

— Je le crains, répondit Arnold, et c'est pour cela que je suis venu te trouver.

— Que faut-il faire?

— M. Kindler peut avoir des raisons particulières d'entretenir le frère de Carl; j'irai le trouver, mais il peut vouloir attenter à ma liberté, et je dois aviser aux moyens de l'en empêcher.

— Quels moyens?

— Je te laisse ici au milieu d'amis dévoués, si dans une heure je ne suis pas revenu, vous viendrez me redemander.

— A la bonne heure!

— Mais ne précipitez rien; soyez calmes; gardez-vous de tout perdre par une imprudence.

— Compte sur notre dévouement.

— Au retour, je te ferai part d'un projet que je veux mettre à exécution.

— Je t'attendrai.

— Dans une heure.

— Dans une heure.

Arnold s'éloigna, et dix minutes après il était introduit, non sans peine, chez M. Kindler.

Nous disons non sans peine, car les abords de l'hôtel du préfet de police étaient assiégés par une foule compacte et serrée. C'est de cet endroit que partaient les patrouilles qui sillonnaient Munich, ainsi que les messagers nombreux qui se rendaient incessamment de chez M. Kindler à la cour, et de la cour chez M. Kindler. Des postes étaient échelonnés de distance en distance autour de l'hôtel, et dans les quartiers environnants, et il en résultait un mouvement et un bruit incroyables.

En voyant ces forces formidables rassemblées sur ce point, Arnold avait été vingt fois tenté de retourner sur ses pas et de ne point s'engager aventureusement au milieu de ces troupes sans espoir de retraite; mais il ne pouvait croire que M. Kindler pousserait l'oubli de toute pudeur et de toute justice jusqu'à vouloir attenter à sa liberté et à ses jours.

Il demanda à être introduit.

Au moment où l'aîné des Hermann entra dans le cabinet de M. Kindler, le vieux diplomate était assis dans un splendide fauteuil à la Voltaire et chauffait assez tranquillement ses tibias osseux à la flamme ardente qui se tordait dans le foyer.

Il leva la tête et sourit avec affectation; la pendule marquait sept heures précises.

— Je ne vous attendais pas, mon cher monsieur Hermann, dit alors M. Kindler; je craignais qu'aujourd'hui surtout vous ne trouvassiez pas une heure à m'accorder.

— J'ai cru qu'il s'agissait de mon frère, répondit Arnold, je suis venu.

— Et je vous en remercie, dit encore M. Kindler; asseyez-vous, je vous prie, et causons.

Arnold prit un siége et s'assit vis-à-vis de M. Kindler.

Le vieux diplomate le couva un instant du regard, comme l'épervier qui s'apprête à fondre sur sa proie; puis reprenant une attitude indifférente et passant avec une régularité mathématique sa main sur ses jambes, il poursuivit :

— Il y a bien longtemps, mon cher monsieur Hermann, que je désirais vous voir et vous entretenir. Je vous connaissais déjà comme artiste, mais je ne vous connaissais pas encore comme homme. On m'a souvent dit du bien de vous, mais on m'a dit également souvent du mal; je ne savais que penser... Telle est notre position, voyez-vous, mon cher monsieur; il nous est rarement possible d'apprécier, à leur juste valeur, les hommes avec lesquels nous pouvons un jour nous trouver en contact. Il y a bien longtemps donc que je désirais vous voir.

Arnold s'inclina.

— Peut-être, si je vous avais connu plus tôt, aurions-nous pu, monsieur, détourner de notre patrie bien des malheurs qui semblent près de fondre sur elle. Vous exercez une haute influence sur l'Association des Ouvriers; je suis fort bien en cour; il nous eût été facile de rapprocher la cour et le peuple, en prévenant des évènements qui peuvent les séparer à jamais. Nous sommes à une époque de transition : il faut que chaque parti consente à faire des concessions, sans cela une révolution est imminente.

Arnold n'était pas venu trouver M. Kindler pour causer politique, mais il s'y laissa naturellement entraîner par le tour que prenait la conversation. Il répondit donc :

— Le peuple est sage, monsieur, mais il tient à ses libertés; il n'a pas oublié combien ces libertés lui ont coûté de peines à conquérir, et il veut les conserver. Aussi, j'en suis persuadé, tant qu'on le respectera dans son droit, il s'abstiendra; mais du jour où l'on poussera la folie jusqu'à vouloir attenter à ses franchises, il sera autorisé à regarder le pouvoir comme un ennemi, et il répondra courageusement à toute déclaration de guerre.

— C'est la guerre du fort et du faible, objecta M. Kindler.

— Le fort est celui qui appuie ses prétentions sur le droit, répartit Arnold.

— Cela est peut-être juste en théorie, mais en pratique?

— Qu'importe! fit Arnold.

— Le gouvernement a les baïonnettes...

— Nous avons le courage.

— Cela ne suffit pas...

— Nous voulons la liberté!...

— Le gouvernement veut peut-être le despotisme.

— Qui vaincra le peuple, lorsque le peuple défendra ses droits?

— Le gouvernement est décidé à combattre.

— Le peuple est décidé à mourir !

Cette dernière phrase avait été dite avec énergie. M Kindler tressaillit et se sentit ébranlé jusque dans ses plus profondes convictions. Cependant il essaya de sourire et de plaisanter.

— Vous raisonnez comme un jeune enthousiaste, mon cher ami, répondit-il, et vous ne songez pas que vous avez affaire à des hommes depuis longtemps versés dans la politique, et qui ont fait un long apprentissage de la mission qu'ils ont à remplir. Ces hommes connaissent leur droit et le vôtre ; ils savent ce qu'ils peuvent et ce que vous pouvez ; vous êtes redoutables, sans doute, mais ils sont adroits, cela est incontestable : dans cette situation, croyez-vous qu'ils iront follement tenter une lutte qu'ils reconnaissent dangereuse, même pour eux ? du tout. Vous êtes forts, ils sont rusés ; vous faites usage de votre courage, ils feront usage de leur habileté ; le résultat n'est pas douteux. Qu'en dites-vous ?

Arnold remua la tête ; il éprouvait une grande répugnance à continuer une semblable discussion ; il comprenait que tout ce qu'il pourrait dire n'ébranlerait pas les convictions de M. Kindler ; tout ce que ce dernier venait de dire n'avait pas même effleuré les siennes.

— Je dis, répondit-il, cependant, que rien ne saurait, à cette heure, changer les événements ; il y a une puissance plus équitable que celle des rois et des peuples, c'est à elle qu'il faut s'en rapporter du destin des empires : attendons le résultat, nous jugerons ensuite.

Cette réponse fermait la discussion d'une façon péremptoire ; un frémissement de dépit se trahit sur la physionomie de M. Kindler : il resta quelques secondes dans un état d'immobilité complète.

Enfin, il agita avec une vivacité mal déguisée un cordon de sonnette qui pendait le long de la cheminée, prit sur la table un petit billet scellé de ses armes.

Un valet entra.

— Au baron de Worms, dit M. Kindler en lui remettant le billet, et qu'il parte tout de suite.

Le valet sortit.

Arnold suivait cette scène sans trop savoir ce que cela voulait dire. Il crut qu'il s'agissait de porter un ordre à la cour, et demeura calme sur son siége.

M. Kindler se retourna alors de son côté.

Sept heures et demie sonnaient à la pendule.

— Je m'aperçois, dit aussitôt Arnold en indiquant du doigt les aiguilles que l'heure passe, et que je ne sais rien encore du motif réel de cet entretien. Cependant il est indispensable que je me rende à huit heures à la taverne du père Krudner ; il ne me reste donc plus qu'une demi-heure. Sont-ce des nouvelles que vous avez à m'annoncer, sont-ce des renseignements que vous avez à me demander ? Je vous écoute, monsieur, parlez.

Le vieux diplomate n'avait pas précisément entendu ce que lui disait Arnold ; son attention était ailleurs.

Il se faisait dans les environs de l'hôtel un bruit des plus singuliers ; les troupes qui y étaient postées semblaient se réunir à la hâte et s'éloigner peu à peu de cette partie de la ville. Un soupçon tardif traversa l'esprit d'Arnold.

— Qu'est-ce que cela signifie ? s'écria-t-il en s'élançant vers la fenêtre.

Il jeta un regard rapide dans la rue ; il n'y restait plus qu'un seul poste auquel était confiée la garde de l'hôtel.

— Qu'est-ce que cela signifie ? répéta-t-il en se dirigeant vers M. Kindler.

M. Kindler s'était levé ; il tournait le dos au feu ; aucune émotion ne se révélait sur son visage.

— Cela signifie, répondit-il avec un grand calme, que je viens de donner le signal, et que la révolution va commencer.

Arnold bondit comme un lion blessé et lança à M. Kindler un regard terrifiant.

— Ce que vous dites est-il vrai, monsieur ? s'écria-t-il en passant la main sur son front.

— Ce que je dis est vrai, répondit le vieux diplomate en présentant à la flamme une de ses semelles.

Arnold pâlit ; tout son sang avait reflué vers son cœur. Il serra violemment les poings en cherchant à se contenir, et demeura quelques instants morne et silencieux.

Ce silence avait quelque chose d'effrayant.

M. Kindler épiait avec anxiété les divers sentiments qui se peignaient sur les traits du sculpteur ; il cherchait à calmer les craintes qui montaient de son cœur et venaient parfois troubler son cerveau. Arnold, cependant, réfléchissait au parti qui lui restait à prendre et ne disait mot.

Cela dura peu. Il releva bientôt la tête, et à l'éclair audacieux qui jaillit tout à coup de ses yeux, M. Kindler put rester convaincu qu'il avait pris son parti et qu'il était décidé à tout.

En même temps, Arnold tira de son sein un poignard et alla droit au cordon de sonnette, qu'il coupa ; puis, revenant se placer en face de M. Kindler, il lui dit d'une voix ferme et en le dominant à la fois du geste et du regard :

— Vous avez fait une action infâme, monsieur ; vous avez lâchement abusé de la confiance que j'avais mise en vos paroles ; votre conduite autorise les mesures que je prendrai désormais pour ma sûreté.

— Que comptez-vous faire ? demanda M. Kindler effrayé.

— Asseyez-vous.

— Mais...

— Asseyez-vous, vous dis-je !

M. Kindler se laissa tomber sur son fauteuil, tandis que Arnold, ayant déposé son poignard sur le bord de la cheminée, restait debout et paraissait écouter s'il ne montait point quelque bruit de la rue.

Il reprit, quelque temps après :

— J'étais venu pour apprendre des nouvelles de Carl, monsieur ; en avez-vous reçu que vous puissiez me communiquer ?

— Non, répondit M. Kindler.

— Ainsi, vous avez pris un faux prétexte pour m'attirer frauduleusement ici, et m'y retenir ?..

— Oui...

— C'est bien ! Mais vous aviez étourdiment compté sur mon inexpérience des hommes ; vous vous êtes trompé, car je vous connaissais assez pour ne point m'aventurer légèrement.

Le vieux diplomate prêta l'oreille.

— J'avais pensé, poursuivit Arnold, que l'idée pourrait venir aux hommes du gouvernement de s'emparer de ma personne et de paralyser, en partie du moins, les efforts de ceux qui me sont dévoués ; j'ai pris des mesures pour qu'il n'en soit pas ainsi.

— Ah ! fit M. Kindler qui ne perdait pas un mot, et qu'avez-vous fait ?

— Il est huit heures moins un quart, monsieur, dans un quart d'heure mes amis seront ici.

M. Kindler paraissait reprendre quelque assurance.

— Et où sont vos amis ? objecta-t-il doucement.

— A la taverne du père Krudner, répondit Arnold.

Le visage du vieux diplomate s'éclaira ; il haussa les

épaules et regarda l'aîné des Hermann d'un petit air dédaigneux.

— Mon cher ami, dit-il d'un ton léger, vos dispositions sont mauvaises et ne valent pas assurément la peine que vous vous êtes donnée.

— Comment? fit Arnold.

— En ce moment, répondit M. Kindler, vos amis sont entre les mains du baron de Worms.

— Que dites-vous?

— Il y a dix minutes que la taverne du père Krudner est cernée.

Arnold laissa retomber sa tête sur sa poitrine et fut un instant près de défaillir; c'était à son tour d'être vaincu.

M. Kindler ne perdit pas de temps et saisit ce moment pour s'élancer vers le cordon de la sonnette.

Arnold l'arrêta.

Une clameur immense venait de retentir tout à coup au milieu du silence de la rue, et tout était remis en question. M. Kindler devint pourpre; Arnold s'était précipité vers la fenêtre.

Il y avait autour de l'hôtel une foule innombrable conduite par Roderich et les Ouvriers de l'Avenir. L'hôtel fut forcé en quelques secondes.

Arnold n'avait désormais plus rien à craindre; il quitta la fenêtre.

Mais quand il revint dans le cabinet, c'est en vain qu'il y chercha M. Kindler : le vieux diplomate avait disparu.

III

BURGER.

A la suite de son entrevue avec Carl et Bianca, Burger passa une nuit atroce.

Depuis longtemps cet homme n'était plus habitué à de semblables émotions: son cœur n'y était pas préparé; il en éprouvait un ébranlement complet. Sa poitrine était brûlante, sa tête en feu; l'air vif et pénétrant de la nuit fut impuissant à calmer son agitation.

Il marchait à travers la campagne, sans but, errant au hasard, fuyant les routes tracées, cherchant la solitude et la liberté du désert, et emportant partout avec lui le souvenir voluptueux de Bianca, qui l'enveloppait avec souplesse dans ses lascifs embrassements. Burger souffrait, mais il aimait sa souffrance; une ardeur insensée brûlait sa poitrine, mais il prenait un cruel plaisir à entretenir et à attiser cette ardeur, quelque insensée qu'elle fût. L'image de Bianca, dont les formes provoquantes se développaient sous ses yeux, passait et repassait devant lui, et il s'épuisait en efforts sans cesse renouvelés pour saisir cet être imaginaire qui jouait avec ses tortures et fuyait ses étreintes. Pendant une heure entière, Burger éprouva ces désirs horribles de la possession qui font frissonner les chairs et bondir le cœur. Il tendait au vent glacé de la nuit sa lèvre avide; il marchait d'un pas rapide pour mettre l'espace entre lui et cette femme; mais tout ce qu'il tentait, dans le but d'apaiser ses douleurs cuisantes, semblait au contraire les raviver; le vent de la nuit brûlait ses lèvres, et sa marche, toute rapide et capricieuse qu'elle fût, le ramenait toujours fatalement vers les lieux d'où il pouvait apercevoir l'habitation de Bianca.

Enfin il s'arrêta.

Sa course l'avait amené sur le sommet abandonné d'une montagne qui dominait entièrement celle sur laquelle se trouvait située la demeure de Carl et de sa maîtresse. Il déposa près de lui son fusil, s'assit dans une anfractuosité du rocher et tira une énorme pipe de sa poche.

Le spectacle qu'il avait sous les yeux était saisissant.

Au loin, aussi loin que le regard pouvait s'étendre, une plaine immense, entièrement plongée dans une ombre pâle, dessinait vaguement ses contoure indécis; à droite et à gauche des montagnes élevaient avec audace vers le ciel leurs pics sauvages et couverts de neige; à ses pieds, précisément au-dessous de lui, un précipice creusait ses profondeurs insondables.

La lune jetait sur ce panorama les clartés pâles de sa lumière blafarde; un torrent impétueux grondait confusément au loin, mêlant sa voix à la voix orageuse des vents déchaînés.

Burger battit le briquet, alluma sa pipe, et croisa ses bras sur sa poitrine.

Il était seul à cette heure, seul témoin de cette scène sublime et déchirante, seul au milieu de cette désolation désordonnée, et il souffrait!

Il y avait longtemps que son âme, endurcie par les rudes labeurs d'une existence de bandit, dormait profondément ensevelie; ce contact inopiné avec la nature extérieure l'ébranla tout à coup et la fit sortir de son long sommeil.

Depuis les jours enfuis de sa jeunesse, tant de doutes avaient secoué son cœur, tant de désespoirs avaient ébranlé ses plus chères croyances, il avait été si souvent en butte aux plus cruelles déceptions, aux plus amers désenchantements, qu'il avait oublié les joies pures, les saintes extases, les calmes adorations d'un autre âge.

Ce fut pour lui comme une résurrection!

Un moment, l'amour, l'amour enthousiaste des jeunes années, parut resplendir dans son cœur; son front s'illumina, son regard s'éclaira d'une flamme céleste, et il put croire qu'il avait reconquis la pureté des anciens jours! Mais cette erreur ne dura pas!

Il était vieux, il était seul, il n'avait plus d'amour; son cœur était mort.

Burger était un singulier homme!

Il était entré dans le monde sans savoir où, ni s'être jamais demandé pourquoi. — Doué d'une imagination très-vive, d'une sensibilité exquise, il avait été froissé de bonne heure par ces lois du monde, qui ne semblent faites, le plus souvent, que pour protéger le fort contre le faible : il pouvait se suffire à lui-même, il s'était retiré dans la solitude; là, vivant d'expédients, comme Figaro, peu scrupuleux sur les moyens, donnant ses jours au hasard, ses instincts s'étaient développés avec une rapidité qui tenait du prodige; il s'était identifié avec cette nature sauvage qui l'entourait. Peu à peu, il avait oublié qu'il y a un autre monde que celui que sa fantaisie avait créé; qu'il y a d'autres hommes que tous les désœuvrés qui, par aventure, venaient le visiter.

Burger avait vécu ainsi; et son cœur ne s'était jamais ému ni du sourire, ni des larmes d'une femme!

Il avait vieilli vite, avec le vide dans l'âme et la haine dans l'esprit!...

Il posa sa main sur son genou, et, plongeant son regard dans l'espace :

— Oh! la jeunesse! la jeunesse!... s'écria-t-il, pourquoi s'est-elle enfuie sitôt; pourquoi est-elle perdue sans retour... pourquoi ne doit-elle plus revenir?.. Mes cheveux se sont blanchis dans la douleur, et mon cœur s'est refroidi, et mon âme s'est brisée sous l'effort du désespoir!...

« Que sont devenues ces pures créations qui se sont penchées autrefois sur mon berceau!...

« D'où vient aujourd'hui que tout est désert et silencieux autour de moi!... Ma main ne s'est jamais oubliée dans la main d'aucun homme; mon cœur ne s'est point reposé sur un cœur ami; j'ai grandi, j'ai vécu dans la solitude, et nul ne s'est jamais enquis pourquoi mon front était sillonné de rides profondes, pourquoi une pâleur mortelle était répandue sur mes joues creuses...

« Misérable existence!...

« La vie est rude à porter! J'ai fait le mal par colère ou par impuissance, et les hommes se sont retirés de moi avec terreur, le vide s'est fait à mes côtés, et je suis seul aujourd'hui, seul!... Ah! la chose amère qu'une vieillesse solitaire!... »

Et, de temps à autre, il ramenait son regard sur lui-même.

— Mon Dieu! disait-il alors avec amertume, vous l'avez faite belle, et en la voyant j'ai senti mon âme tressaillir.

« Et c'est la première fois que ma propre vieillesse m'épouvante...

« Pourquoi suis-je si vieux?

« Pourquoi est-elle si belle? »

Souvent encore l'orage, qui grondait au loin, trouvait dans son cœur des échos sauvages et sympathiques. — Alors, il passait sa main dans ses cheveux avec un reste de frénésie; son cœur se prenait à battre avec une violence âpre et désordonnée, et il regardait le précipice, qui ouvrait ses profondeurs sous ses pieds, avec une fixité qui eût dû lui donner le vertige.

— Belle nuit!... murmura-t-il en secouant la tête; — le ciel est sombre; — ce torrent a un mugissement sinistre; — le vent a des intonations courroucées...

« Dans mon âme aussi une sombre obscurité est descendue; la passion a des mugissements sinistres; ma douleur et mon impuissance se courroucent et s'indignent!... »

Burger se releva tout à coup, comme sous l'empire d'un sentiment nouveau, et il redressa le front.

— Allons! se dit-il, est-ce bien moi?... est-ce bien ma propre pensée que j'écoute?... Quel sentiment a donc pu me changer? — Les Compagnons noirs riraient bien de leur chef!...

« Qu'est-ce que Carl?... un enfant... Je le briserai entre mes mains de fer... Bianca? une femme coquette, oublieuse, légère... A-t-elle de l'amour?... des désirs, tout au plus!... L'amour glisse sur l'épiderme et n'entre jamais bien avant... »

Il y eut alors un long silence!...

Burger resta ainsi longtemps, discutant avec lui-même, cherchant à comprimer ces élans passionnés qui tourmentaient son cœur, et, en définitive, arrivant toujours à alimenter le feu qui le dévorait.

Déjà les premières lueurs du jour blanchissaient les cimes des hautes montagnes; les bruits divers commençaient à changer de caractère; on sentait que la vie allait revenir là où la mort avait un instant plané.

Burger se leva.

Il remit sa pipe dans sa poche, jeta son fusil sur son épaule, et reprit son chemin à travers la montagne. Il parvint ainsi, sans aucun encombre, au lieu où stationnait toute la bande des Compagnons noirs.

C'était un endroit éloigné des routes fréquentées, au milieu d'une forêt épaisse, défendu de tous côtés par des rochers inaccessibles ou des ravins d'une profondeur redoutable.

La bande s'y trouvait réunie.

Parmi tous ces hommes que le vol et le crime avaient groupés autour de lui, Burger ne comptait de sympathies que celles que son courage, son audace et sa fermeté lui avaient naturellement acquises. Si son courage ou sa fermeté était venu à lui manquer, Burger eût été un homme perdu! Un seul cependant, parmi ces bandits, lui était fidèlement dévoué par le cœur, et celui-là l'eût, au besoin, défendu au péril de sa propre existence, sans espérer de son dévoûment d'autre récompense que la simple reconnaissance de son maître. Burger ne l'ignorait pas, et c'est à lui qu'il s'adressait quand il avait quelque opération difficile à tenter.

Cet homme s'appelait Herwegh.

A son arrivée, Burger se retira dans la misérable cabane qui lui servait d'abri; il manda Herwegh près de lui. Celui-ci accourut tout effaré.

— D'où viens-tu ainsi? lui demanda Burger, dès qu'il se trouva en sa présence.

— Je viens de vous sauver, répondit Herwegh.

— De me sauver?

— Ni plus ni moins.

— Explique-toi!

— Vous revenez de Munich?

— Oui, Herwegh.

— Vous y avez touché de l'argent?

— Cela est vrai.

— Une forte somme?

— Cent mille francs.

— C'est bien cela!

— Qui te l'a dit?

Herwegh parut réfléchir, puis il poursuivit, sans prendre garde à l'interrogation de Burger :

— De plus, ajouta-t-il, vous avez dû recevoir des papiers, des passeports ou saufs-conduits, je ne sais, avec lesquels vous pouvez regagner la frontière.

— Rien n'est plus exact, répondit Burger.

— Les Compagnons le savent.

— Qui le leur a appris?

— Je l'ignore.

— D'où le sais-tu toi-même?

— Je l'ai entendu dire.

— A qui?

— A Schewezer, Spigher et Rouach.

— Ils ne sont que trois?

— Je le crois.

— Après tout, qu'importe qu'ils le sachent!

— Il importe beaucoup, attendu qu'ils veulent partager.

— L'argent?

— Et les saufs-conduits.

— Ils ne sont pas niais... mais ils auront tort.

— Peut-être, fit Herwegh.

— Que veux-tu dire?

— Ils ont formé un complot.

— Lequel?

— Celui de vous voler.

— Et ils ont cru que je les laisserais faire?

— S'ils viennent pendant votre sommeil...

— Ils ont dit cela? s'écria Burger.

— Ils l'ont dit...

— Les misérables!... Mais je ne dormirai pas...

— Alors, ils vous tueront...

— Que dis-tu?

— Ils vous tueront...

Burger haussa les épaules avec un mouvement plein d'un orgueilleux dédain; il posa tranquillement ses pistolets à ses côtés, et s'assit.

— Herwegh, dit-il alors, tu m'es dévoué, n'est-ce pas?

— Je n'ai jamais eu l'occasion de vous le prouver comme je l'aurais voulu, répondit Herwegh, mais j'espère que cette occasion se présentera quelque jour.

— Elle est venue ! dit Burger.

— Je suis prêt, fit Herwegh.

Burger tendit à Herwegh une main que celui-ci serra avec un respect affectueux.

— C'est bien, poursuivit Burger ; maintenant tu vas aller trouver les Compagnons... tu tâcheras de te rapprocher de Rouach, de Spigher et de Schewezer ; tu leur feras entendre que mon intention est de partir dans quelques heures ; qu'il est probable, qu'une fois parti, je ne reviendrai plus ; qu'enfin, j'ai bien en ma possession les cent mille francs et les saufs-conduits qui leur tiennent tant à cœur ; tu comprends ?

— Parfaitement.

— Ensuite, tu reviendras me trouver sans qu'ils s'en aperçoivent.

— Ce sera facile.

Herwegh s'éloigna. Burger examina avec attention les deux pistolets, qu'il remit ensuite à ses côtés. Il arma sa carabine et se jeta, plein d'indifférence, sur la paille qui lui tenait lieu de lit. Herwegh ne tarda pas à revenir.

Une heure se passa sans événement. Burger commençait réellement à s'endormir ; Herwegh veillait seul, caché de son mieux dans un coin de la chambre, derrière la porte d'entrée. Déjà il craignait que, s'ils tardaient encore longtemps, ils ne trouvassent son maître endormi. C'est ce qui ne pouvait en effet manquer d'arriver : Burger était fatigué, et la crainte de la mort ne suffisait pas pour le tenir éveillé. Ce n'était pas la première fois, d'ailleurs, qu'il s'endormait sur une menace de mort.

Cependant Herwegh tressaillit tout à coup ; il venait d'entendre un faible bruit au dehors ; la porte roulait lentement sur ses gonds rouillés.

Un des trois bandits passa soupçonneusement la tête et jeta un regard sur le lit : Burger dormait.

Sur un signe de leur compagnon, les deux bandits qui étaient restés en arrière entrèrent à pas de loup dans la chambre ; la porte se referma derrière eux sans qu'ils l'eussent poussée ; ils se regardèrent avec étonnement et parurent se consulter. Enfin, après quelque hésitation, celui qui était entré le premier tira d'une main assurée son poignard de sa ceinture et marcha d'un pas ferme vers le lit.

Un petit bruit comme celui d'un pistolet que l'on arme se fit entendre. Il s'arrêta ; mais ce bruit mille causes pouvaient l'avoir produit ; il sourit de sa crainte et continua de s'avancer.

Il n'était plus séparé du lit où sommeillait Burger que par une faible distance, et, s'étant retourné pour s'assurer que ses compagnons le suivaient, il leva le bras et fit deux pas. Au même instant un coup de feu partit et l'étendit sans vie aux pieds de Burger.

A cette détonation inattendue, l'un des deux bandits s'était vivement retourné vers Herwegh, et déjà une lutte terrible s'engageait entre eux deux. Burger, réveillé en sursaut, s'était précipité sur ses armes, et entre lui et le dernier des Compagnons une autre lutte commençait également.

Les deux combats durèrent peu ; le premier bandit tomba sous le poignard d'Herwegh, au moment même où le second recevait en pleine poitrine la balle de Burger.

Trois cadavres gisaient au milieu de la chambre !

— Herwegh, dit alors Burger en regagnant son lit, tu vas nettoyer la chambre, mon ami.

— Oui, maître.

— La journée commence bien, dit-il en rechargeant son pistolet avant de le déposer où il l'avait pris ; nous verrons si elle finira de même. Herwegh, ajouta-t-il un instant après, ce soir j'aurai besoin de toi.

— Je suis à vos ordres.

— Ce soir tu m'attendras, à la nuit tombante, sur la route de Munich, à un quart de lieue d'ici.

— Faut-il prendre des armes ?

— Des pistolets seulement.

— Est-ce tout ?

— Ce soir... je te dirai le reste ; d'ici là, pas un mot.

— Je me tairai.

Burger se recoucha et ne tarda pas à se rendormir, tandis qu'Herwegh nettoyait la chambre.

IV

UN SECOURS INATTENDU.

Aucun autre incident ne vint troubler le sommeil du chef des Compagnons noirs.

La journée fut belle ; le soir, un vent froid et strident se leva.

Burger se hâta de faire ses préparatifs ; la nuit tombait ; il prit ses pistolets, sa carabine, donna quelques ordres à celui qui le suppléait d'ordinaire pendant ses absences, et se rendit à l'endroit où Herwegh devait l'attendre.

Herwegh était à son poste.

— Est-ce toi ? fit Burger à voix basse ?

— C'est moi, maître, répondit Herwegh.

— C'est bien ; suis-moi...

Ils se mirent en marche, en se dirigeant vers l'habitation de Carl. Herwegh ignorait le but de cette opération nocturne ; l'idée ne lui vint pas de le demander. Burger portait exactement le même costume que la veille.

Ils firent ainsi quelques pas en silence. Herwegh suivait son maître ; Burger paraissait soucieux.

— Herwegh, dit-il enfin à son compagnon, as-tu pris tes pistolets ?

Un petit rire ironique lui répondit...

— On rencontrerait plutôt un Bavarois sans pipe, fit Herwegh, qu'un Compagnon noir sans armes.

— Sont-ils chargés, tes pistolets ?

— Ils l'étaient ce matin ; depuis deux jours le métier ne va plus...

— Ah ! tu trouves...

— Mais cela ne durera pas...

— Tu crois ?...

— Je l'espère...

— Tu te trompes peut-être...

Herwegh hocha la tête en signe d'incrédulité.

— S'il n'y avait pas quelque danger à courir, ce soir, répondit-il, vous ne m'auriez pas fait appeler.

— Tu tiens donc bien à jouer ta vie ?

— Elle est si misérable...

— Tu as des remords, je crois ?

— Non, des regrets.

— Je serais curieux de savoir ce que tu peux regretter, Herwegh ; c'est la première fois que je t'entends parler ainsi !

— C'est la première fois aussi que vous m'offrez l'occasion de parler à cœur ouvert.

— Est-ce la vie misérable que tu menais avant d'être Compagnon noir que tu regrettes ?

— Non ; la tranquillité d'esprit dont je jouissais...

— Sont-ce tes amis ?

— Non ; l'amitié...

— Est-ce ta maîtresse ?

Les ouvriers forçant l'hôtel de M. Kindler.

— Non   ; l'amour !...

— Pauvre Herwegh ; et cependant tu vois avec peine tes pistolets rester chargés...

— J'ai besoin d'activité...

— Pour te distraire... fit Burger.

— Pour m'étourdir... répondit Herwegh.

Leur marche était rapide ; ils eurent bientôt franchi l'espace qui les séparait de Carl et de Bianca, et s'arrêtèrent à cinquante pas environ de l'habitation des deux amants.

— Ecoute-moi bien, dit alors Burger, tu vas rester ici... tu m'attendras pendant que j'entrerai dans cette maison. Si par hasard j'avais besoin de ton aide, je t'appellerai, et tu viendras à mon secours. Dans le cas contraire, tu auras soin de veiller à ce que personne n'approche de cette demeure...

— Qu'y a-t-il dans cette demeure ? demanda Herwegh d'un air inquiet.

— Un homme et une femme, répondit Burger, la femme est frêle et délicate, et n'opposera aucune défense... l'homme a vingt-cinq ans ; je l'étoufferais entre mes bras...

— Et si quelqu'un tentait de s'introduire dans l'habitation ? demanda encore Herwegh.

— Tu as des pistolets...

— Je comprends...

Burger s'éloigna aussitôt.

Cependant, il s'était passé d'étranges choses depuis la veille entre Bianca et Carl.

La terrible nouvelle apportée par Burger avait laissé de profondes et solennelles émotions dans le cœur des deux amants. Chez Carl, surtout, la commotion avait été violente, sa raison en était vivement ébranlée... Toute la nuit, il s'était promené avec agitation, à travers la chambre, cherchant à endormir ou à calmer le remords qui grandissait dans son cœur, et dont la voix l'épouvantait, Carl était bon ; il avait tendrement aimé Marguerite, il l'aimait encore... Il ne pouvait sans désespoir envisager la cruelle destinée qu'il lui avait faite ; mais, s'il avait contracté une dette sacrée envers elle, n'en avait-il pas contracté une également sainte envers Bianca ; n'avait-il pas aussi à payer à Bianca le prix du déshonneur que cette femme avait accepté pour le suivre ? Son esprit flottait irrésolu entre mille sentiments, parmi lesquels il n'avait pas la force de choisir.

Bianca, de son côté, avait été mortellement touchée de cette catastrophe, qui venait ainsi jeter le trouble dans les premières joies de son amour ; elle n'aimait pas Marguerite, mais elle avait tremblé aux lamentables malheurs de cette pauvre fille, qui n'avait commis d'autre crime que celui d'aimer l'homme qu'elle aimait elle-même. Bianca n'avait pas d'ailleurs ce fonds d'exquise douceur et de souveraine bonté qui était un des plus grands charmes de Marguerite, et peut-être s'était-elle sentie cruellement humiliée en présence des irrésolutions de Carl.

Cet incident jeta une certaine froideur dans les relations des deux amants. Ils avaient passé la journée sans presque se parler ; il régnait entre eux une contrainte pénible. Carl n'osait entamer la conversation ;

Burger faisant jeter les deux cadavres.

Bianca se tenait dans une réserve froide et silencieuse.

Enfin, vers le soir, Carl s'approcha de Bianca; il s'assit près d'elle.

— Bianca, lui dit-il affectueusement, est-ce ma tristesse qui te rend soucieuse?

— Du tout, fit Bianca.

— Cependant, poursuivit Carl, tu parais embarrassée, ton visage est pâle, ta poitrine oppressée; tu ne me parles pas... ton regard ne m'a pas cherché une seule fois aujourd'hui...Tu souffres, mon amie?

— Non, je ne souffre pas...

— Oh! Bianca, tu cherches en vain à être calme, ton cœur est en proie à une violente agitation; je le vois, je le sens... Tes paroles sont amères et tes regards sont froids... Ton amour s'est effrayé des nouvelles que Burger a apportées... et moi, insensé que j'étais, je n'ai pas songé à rassurer tes craintes... Il faut me pardonner!...

— Vous n'êtes pas coupable, Carl...

— Non, tu as raison Bianca, je ne suis pas coupable; car, désormais, par quelque côté que je rentre dans le monde, ma vie sera éternellement misérable. Je suis bien cruellement puni, à cette heure, de tout le mal que j'ai fait... Pauvre Marguerite! Pauvre Bianca! vous m'avez aimé toutes deux, et toutes deux vous n'avez recueilli que la honte en échange de votre amour... et il ne me restera bientôt du bonheur que vous m'avez donné que le remords d'avoir brisé vos chères existences.

Bianca regarda Carl avec un certain étonnement mêlé de colère.

— Que comptez-vous donc faire? lui demanda-t-elle d'une voix sèche et presque impérieuse.

Carl sentit son cœur se glacer, et regarda Bianca avec une stupéfaction douloureuse.

— Qu'avez-vous dit! balbutia-t-il d'une voix faible.

— Je vous demande ce que vous comptez faire? répéta Bianca.

Carl s'apprêtait à répondre, lorsqu'il fut interrompu par un bruit du dehors. On frappait à la porte.

Carl se hâta d'ouvrir, heureux de trouver un prétexte pour rompre un entretien pénible... Il espérait, au surplus, que celui qui frappait était le Compagnon qu'il avait envoyé deux jours auparavant à Munich chercher l'argent nécessaire pour poursuivre sa route.

Il se trouva face à face avec Burger.

Burger eût choisi le moment de se présenter qu'à coup sûr il n'eût pas été plus heureux. Carl le reçut avec une politesse empressée, Bianca l'accueillit de son sourire le plus gracieux.

Comme la veille, Burger déposa son fusil dans la salle du rez-de-chaussée, et ne conserva que ses pistolets. Il entra dans l'appartement de Bianca avec tout l'aplomb, toute l'audace d'un bandit, mais aussi avec le sans-façon élégant d'un grand seigneur.

Il s'assit vis-à-vis de Bianca.

— Madame, lui dit-il avec une certaine impertinence moqueuse, je suis un grand coupable, car j'ai omis hier de vous faire part d'une mission dont je suis chargé et qui vous concerne.

— Qui me concerne, répondit Bianca; moi!

— Vous-même, madame; en m'éloignant d'ici, encore troublé de l'émotion qu'avaient causée les nouvelles que j'ai apportées à M. Hermann, j'ai oublié, ou plutôt je n'ai pas eu la force de vous annoncer...

— Quoi donc? interrompit Carl vivement intrigué.

— La nécessité du prompt retour de madame à Munich, répondit Burger en se tournant vers le jeune sculpteur.

Carl et Bianca échangèrent un regard rapide. Ils se sentaient vaguement menacés; un même pressentiment s'était emparé en même temps de leur esprit; ils s'unissaient pour résister.

Burger fronça le sourcil.

— Que voulez-vous dire? demanda Carl en attachant deux yeux ardents sur le chef des Compagnons noirs.

— Ce que je veux dire est simple, répondit Burger; il y a deux jours que j'ai vu M. Kindler.

— Mon mari?

— Votre mari, madame; j'allais lui demander un sauf-conduit pour gagner la frontière, et de l'argent pour faire la route et solder les services des Compagnons que je ne veux pas emmener avec moi.

— Et que vous a-t-il dit?

— Qu'il ne me donnerait l'argent et le sauf-conduit qu'à une seule condition.

— Laquelle? fit Carl.

— Celle de ramener madame sous le toit conjugal...

— Et vous avez promis?...

— J'ai juré...

— Et vous tiendrez votre serment?

— Qui m'en empêcherait?...

Burger accompagna ces paroles d'un air et d'un sourire parfaitement insolents.

Bianca frissonna.

— Ainsi, poursuivit Burger après un moment de silence, s'il vous plaît de me suivre dans la capitale de la Bavière, madame, la même voiture qui vous a conduite ici me servira à vous y emmener.

Bianca ne répondit pas.

Cependant Carl s'était levé; il était terrible!

— Burger, dit-il en lui saisissant énergiquement le bras, vous demandiez tout à l'heure qui vous empêcherait de tenir la promesse que vous avez faite; eh bien! c'est moi, entendez-vous bien? moi, que vous tuerez avant de mettre votre projet à exécution, moi, qui vous tuerai avant que vous ayez porté une main insolente sur cette femme!...

Burger écouta avec impassibilité les paroles de Carl. Quand ce dernier eut fini, il se leva, dégagea son bras de l'étreinte du jeune sculpteur et haussa dédaigneusement les épaules :

— Vous êtes jeune et courageux, monsieur Hermann, dit-il, mais cela ne suffit pas. Au surplus, madame est prévenue; demain matin, je viendrai la prendre de bonne heure, et je serais désolé d'être obligé d'avoir recours à la violence. — Je dois vous avertir cependant, ajouta-t-il, pour ne vous laisser aucune illusion à cet égard, qu'un homme passera la nuit à votre porte et s'opposera à toute tentative de fuite.

En disant ces mots, Burger s'était levé et se dirigeait vers la porte. Mais Carl l'avait prévenu.

— Vous ne sortirez pas, lui cria-t-il avec fureur; tant qu'une goutte de sang coulera dans mes veines, vous ne franchirez pas le seuil de cette porte...

— Prenez garde! fit Burger, qui porta la main à ses pistolets.

— Vous ne sortirez pas! répéta Carl.

Burger retira un pistolet de sa ceinture, et l'arma.

Au même instant, un coup de feu retentit à quelque distance de l'habitation...

Burger s'arrêta et prêta l'oreille; Carl demeura immobile.

Bianca, qui s'était levée pour regarder à travers la fenêtre, venait de jeter un cri de joie.

V

SÉPARATION.

On a vu plus haut par quels moyens le gouvernement avait tenté de se soustraire aux difficultés de la fausse position dans laquelle il s'était imprudemment jeté; il nous reste à dire ce qui advint de la collision que les événements avaient fatalement amenée.

Dès qu'Arnold, grâce à l'heureuse intervention de Roderich, eut recouvré sa liberté gravement compromise, son premier soin fut de poursuivre la victoire qu'il venait de remporter jusque dans ses dernières conséquences. Cela fut moins difficile qu'on n'aurait pu le croire. Le peuple était en armes; enivré par un premier triomphe, la pensée pouvait lui venir d'user de représailles, et de répondre d'une sanglante façon aux provocations qui lui avaient été faites. Arnold sut le contenir dans les bornes d'une sage modération. On choisit, parmi les plus influents de l'Association, une députation composée d'anciens, et cette députation fut chargée d'aller porter au pied du trône les vœux du peuple et les craintes qui avaient pu un instant l'égarer. — Ce fut tout. — Le peuple conserva ses anciennes libertés un instant menacées; le gouvernement se vit contraint de remettre à d'autres temps l'exécution des projets qu'il avait nourris si longtemps. M. Kindler fut destitué, et l'ordre se rétablit.

Le lendemain de cette échauffourée, qui n'eut presque point de retentissement au dehors, et qui pourtant décida à peu près de la destinée de la plupart de nos personnages, Arnold, accompagné d'environ quatorze membres de l'Association des Ouvriers de l'Avenir, sortit de Munich de grand matin, et prit le chemin de Kautsfein. La petite troupe était singulièrement composée.

Arnold, Roderich, et une sorte de guide, tenaient la tête; ensuite venaient deux professeurs de l'Université et deux étudiants; le troisième groupe était formé de quatre peintres ou sculpteurs; enfin la marche se trouvait fermée par quatre ouvriers. Une voiture attelée de deux chevaux suivait la petite troupe.

Pendant la première partie de la journée, la marche fut rapide et silencieuse; aucune parole ne fut échangée; les regards interrogeaient avidement la route, mais nul ne disait mot. Le paysage était d'ailleurs peu fait pour récréer la vue : la bise sifflait de tous côtés, le sol était entièrement recouvert d'une neige glacée, des nuages d'un gris sombre sillonnaient le ciel. Vers midi, les voyageurs s'arrêtèrent. Ils marchaient depuis cinq heures du matin.

A quelle distance sommes-nous encore de Kautsfein? demanda Arnold au guide qui l'accompagnait.

— A cinq lieues, répondit ce dernier.

Ils en avaient déjà fait dix.

La troupe prit une heure de repos dans une misérable auberge, et se remit en route avec la même ardeur que devant. Cependant, la station que l'on venait de faire avait rendu chacun plus communicatif, et, à quelque distance de l'auberge, les conversations commencèrent à s'engager. Il était temps, du reste, que la

gaieté vint un peu ranimer les esprits ; la route devenait de plus en plus montueuse et difficile ; les conversations devaient aider à faire oublier l'ennui et la fatigue du voyage.

Arnold et Roderich étaient seuls à garder encore le
silence.

Tristes et préoccupés l'un et l'autre, ils avaient devancé d'une cinquantaine de pas le reste de la troupe.
Le guide marchait à leurs côtés.

Le soleil se leva dans l'après-midi, mais ils se trouvaient engagés dans les montagnes : les horizons étaient
bornés : on n'eût pu rien imaginer de plus monotone
et de plus désolé. Vers cinq heures seulement ils at-
teignirent les sommets élevés des montagnes, qu'ils
gravissaient avec beaucoup de peine depuis près de
trois heures ; ils n'avaient plus qu'une demi-lieue de
pays à franchir pour toucher l'habitation de Carl. Ils
s'arrêtèrent et reprirent haleine.

Du plateau sur lequel ils venaient de faire halte, le
regard pouvait s'étendre au loin et parcourir sans
obstacle cette immense suite de tableaux variés qu'offrait la plaine de Munich. Munich occupait le centre du
panorama, à droite et à gauche des villages épars qui
se dérobaient mal au regard, derrière les branches des
arbres dépouillés de feuilles et chargés de neige.
Quelques cours d'eau glacée sillonnaient cette vaste
étendue de terrain, qui se trouvait fermée à l'horizon
lointain par quelques hautes montagnes déchirées à
leurs cimes de rochers volcaniques. Le soleil jetait sur
ce tableau sa lumière terne et froide.

La petite troupe s'était groupée autour d'Arnold,
qui demeurait morne et sombre devant ce spectacle.
A chacun la même pensée était venue, mais nul n'o-
sait l'exprimer !

On se remit en route en silence.

Le chemin qui restait à franchir était facile, mais la
nuit tombait. Une heure après seulement, ils atteigni-
rent l'habitation.

C'est à ce moment que Burger et Carl avaient été
surpris au milieu de la lutte qui allait s'engager entre
eux.

Au bruit de la détonnation, Burger franchit vivement le seuil de l'appartement du premier étage et
descendit au rez-de-chaussée, où il avait déposé son
fusil.

Il s'en empara et sortit.

— Qu'y a-t-il ? demanda-t-il aussitôt à Herwegh
qui était venu se placer devant l'habitation pour en défendre l'entrée.

— Voyez, répondit Herwegh en montrant la troupe
d'Arnold qui s'avançait à pas rapides.

Burger avait des yeux habitués à voir au milieu de
l'obscurité ; il n'eut pas de peine à reconnaître Arnold
et Roderich.

Un mouvement de rage violente crispa son visage ;
un instant même l'idée lui vint de résister, mais il
était seul avec Herwegh, et ses ennemis étaient nombreux : il s'éloigna.

Cependant Carl n'était pas resté inactif. Au cri de
joie qu'avait poussé Bianca, il s'était tout à coup
élancé vers la fenêtre, et avait plongé son regard
avide sur la campagne.

Il reconnut Arnold !... et pâlit...

Mais il avait encore tous les bons instincts du cœur ;
il n'avait point oublié les douces joies du foyer fra-
ternel, et d'ailleurs, quelque sujet de plainte qu'il eût
ou crût avoir contre son frère, tout s'effaçait devant le
danger que Bianca et lui venaient de courir, et qui
pouvait encore les menacer ; c'était le ciel sans doute

qui envoyait Arnold à son secours dans ce moment
critique ; il n'essaya pas de le repousser.

Il quitta vivement la fenêtre, et s'élança vers la
porte, qu'il ouvrit. Arnold attendait sur le seuil ; son
frère le reçut dans ses bras.

— Arnold ! Arnold ! s'écria-t-il, mon frère ! J'avais
craint de t'avoir perdu pour toujours...

— Carl ! répondit Arnold en serrant la main de
son frère, j'ai passé des moments douloureux depuis
que tu nous as quittés !

— Pauvre frère !

— Malheureux Carl !

Après les premiers moments d'effusion, Arnold s'assit auprès de Carl, et ils causèrent. Roderich était le
seul qui eût accompagné l'aîné des Hermann ; il s'était
placé dans un des angles de l'appartement.

Cependant il régnait une grande contrainte dans
les paroles des deux frères. Ils s'étaient dit tout ce
qu'ils pouvaient se dire sans rougir ; mais, arrivés sur
les dernières limites de confidences plus intimes, ni
l'un ni l'autre n'osait faire un pas. Carl n'osait parler
de Marguerite ; Arnold, de Bianca.

Cette position était pénible ; Arnold la fit cesser.

— Carl, dit-il enfin, j'ai une mission sainte à remplir
auprès de toi.

— Je t'écoute, répondit Carl.

— Des évènements terribles ont eu lieu à Munich
depuis ton départ.

— On m'en a parlé..,

— Qui cela ?

— Burger.

— Cet homme sait tout !

— Non, pas tout... Parle !

— Le père Traub est devenu fou...

— Je le sais...

— Les médecins l'ont condamné ; — à cette heure,
il a peut-être cessé d'exister !

— N'y a-t-il plus d'espoir ?

— Aucun !...

Carl cacha sa tête dans ses mains ; il se fit un profond silence.

— Du courage ! poursuivit Arnold ; j'ai d'autres
nouvelles plus cruelles encore peut-être à t'annoncer...

— Je les devine ! fit Carl d'une voix tremblante.

— Burger t'aurait appris...

— Marguerite ?...

— Oui, Marguerite ; pauvre enfant !... elle est bien
malheureuse ! son amour l'a perdue.... déshonorée....

— Tais-toi, tais-toi ! O mon Dieu ! dit Carl en éclatant en sanglots... Oh ! Marguerite ! Marguerite !

Arnold prit les mains de Carl et chercha à le calmer,
mais il n'écoutait plus rien et pleurait !

— Ainsi, dit-il bientôt, tu l'as vue ; elle a pleuré devant toi ; elle s'est plaint que je l'eusse abandonnée, et
dans son désespoir elle n'a pas voulu s'adresser à moi
pour me prier de lui rendre l'honneur que je lui avais
enlevé.

— Elle voulait venir à Kautsfein.

— Elle ?

— Je l'en ai dissuadée...

— Et pourquoi cela ?

— Parce que, à Kautsfein, Marguerite eût rencontré
Bianca !

Carl se tut.

Mille sentiments opposés se disputaient en ce moment le cœur du jeune sculpteur avec une égale autorité.

D'une part, il comprenait qu'il avait, envers Marguerite, un devoir sacré à remplir; qu'il ne pouvait la laisser seule, en proie à l'isolement, et condamner sa vie au désespoir. D'ailleurs, les malheurs de Marguerite l'avaient singulièrement intéressé, et son ancien amour avait semblé renaître tout à coup. La résignation de Marguerite, sa douloureuse confiance, survivant, malgré tout, sous les épreuves redoutables d'un doute affreux, son dévouement et son amour, tout cela produisait sur Carl un effet qui tendait à le ramener inévitablement à ses premières affections. Après tout, son amour pour Bianca ne l'avait qu'un instant ébloui; les premiers moments passés, il avait été surpris lui-même de ne point sentir monter à son cœur cette suprême satisfaction d'un bonheur complet; au fond de toutes ses joies, il avait toujours trouvé, comme un remords, le souvenir touchant de Marguerite!

Mais que pouvait-il faire?

D'une autre part, Bianca était là; envers cette femme aussi il avait contracté une dette sacrée qu'il devait acquitter; pour lui, elle avait quitté la demeure conjugale, elle avait renié tout une existence honorable : pour lui, elle avait rompu violemment les liens qui l'attachaient au monde. Il ne pouvait songer à lui conseiller de rentrer dans ce monde dont elle s'était scandaleusement séparée; elle aussi était désormais éternellement condamnée à l'isolement et au désespoir. Cependant, il est bon de faire observer en passant que, pour Bianca, l'abandon n'eût point assurément entraîné des conséquences aussi funestes que pour Marguerite. Bianca était riche; elle était mariée; elle pouvait changer de patrie; et puis, elle possédait dans son caractère assez d'insouciance et assez de fermeté pour faire face à une rupture aussi douloureuse.

Quoi qu'il en soit, Carl se tordait dans une poignante perplexité; il ne savait à quel parti se résoudre : une rupture, quelle qu'elle fût, lui paraissait un acte trop violent, et, de quelque côté qu'il se tournât, il ne voyait d'issue possible à sa position qu'au moyen d'une rupture.

— Que faire? que faire? s'écria-t-il en promenant autour de la chambre son regard effaré...

Arnold avait observé sur le visage de son frère les douloureuses émotions qui étaient venues s'y révéler pendant les luttes déchirantes qui se livraient dans son cœur; il se sentit pris d'une grande pitié en écoutant ce cri de détresse poussé par Carl.

— Carl, lui dit-il, tu es homme d'honneur, un seul parti te reste.

— Impossible! reprit Carl, qui se débattait contre l'évidence.

— Aimes-tu Marguerite? demanda Arnold.

Carl le regarda avec étonnement; il crut un instant que son frère avait lu dans son cœur; puis, se penchant à son oreille :

— Oui! oui! je l'aime! répondit-il à voix basse.

— Eh bien! poursuivit Arnold, il faut retourner à Munich. Marguerite oubliera le passé... Tu peux être heureux encore!

— Et Bianca?

— Elle vous autorise à partir et à vous rendre aux lieux où vous attend Marguerite...

C'était Bianca elle-même qui venait de prononcer ces mots.

Depuis quelques minutes, elle avait descendu l'escalier et se tenait sur le seuil de la porte; Roderich seul avait pu la voir, mais il s'était bien gardé de faire remarquer sa présence. Bianca avait donc tout deviné et tout entendu!

Carl demeura atterré...

— Monsieur Arnold, ajouta Bianca en se tournant vers l'aîné des Hermann, avez-vous ici une voiture qui puisse me reconduire à Munich?

— Une voiture est à la porte, répondit Arnold qui s'était levé.

— Eh bien! rien ne nous arrête plus, partons!

Et comme, en prononçant ces paroles, Bianca se dirigeait déjà vers la porte, Carl se précipita sur ses pas.

— Bianca, lui dit-il d'une voix suppliante, Bianca, ne partez pas ainsi, ou je meurs!

Il fallait que ce cri fût bien déchirant, car Bianca s'arrêta au moment de disparaître et se retourna vivement.

— Mourir! murmura-t-elle en pâlissant et en portant la main à son cœur.

Puis elle revint sur ses pas.

— Mourir! vous, Carl? ajouta-t-elle; non, ce n'est pas vous qui devez mourir; vous devez vivre, vous; vous devez vivre pour elle....

— Bianca!

— Ah! n'est-ce pas que la vie est amère et cruelle? Nous avions fait de beaux rêves, Carl; ils sont finis!

— Mais je vous aime, mon Dieu! s'écria Carl. Je vous aime; il est impossible que nous nous quittions ainsi!

— Vous m'aimez, reprit Bianca avec un triste sourire; soit, je vous crois... Eh bien! séparons-nous sur ce dernier mot; pensez quelquefois à moi... et si vous m'aimez véritablement, comme je veux le croire, rendez-la heureuse.

Carl se frappait le front et sanglottait.

— Adieu! dit encore Bianca en tendant ses deux mains à Carl.

Celui-ci les saisit avidement et se laissa tomber à genoux :

— Bianca! lui dit-il, me pardonnez-vous?

Bianca prit sa tête dans ses bras, baisa son front avec transport, et s'éloigna rapidement sans oser regarder en arrière.

Pendant toute cette scène, Roderich était resté muet et immobile, debout et adossé à la muraille. Quand Bianca fut partie, il alla droit à Arnold.

— Arnold, lui dit-il, il est temps de nous remettre en route, partons.

— Pauvre femme! murmura Arnold.

— De qui parles-tu? fit Roderich.

— De madame Kindler.

Un sourire étrange crispa les lèvres du Combattant; il remua la tête.

— Cette femme oubliera, répondit-il froidement.

— Qu'en sais-tu, toi qui ne la connais pas?

— Elle m'a aimé avec les mêmes transports, elle m'a quitté avec les mêmes déchirements; elle oubliera Carl comme elle m'a oublié...

Ce que disait Roderich était cruel sans doute, mais c'était vrai. Doit-on croire pour cela que Bianca fût une femme perdue? Qui oserait le dire?

— Allons donc à Munich, dit alors Arnold en se levant, menons-y Carl, et après...

— Après, interrompit Roderich, nous irons tenter une nouvelle fortune sur une terre moins misérable et moins ingrate!...

— Toujours chercher! fit Arnold d'un air de profond découragement... Oui, la vie est amère et cruelle : cette femme avait raison. Des luttes continuelles, le doute partout, le désespoir à chaque pas!... Le bonheur est-il possible?...

— Dans l'égoïsme, répondit Roderich.

— En es-tu déjà arrivé là? demanda Arnold en l'interrogeant du regard; alors, je bénis le ciel d'avoir conservé dans mon cœur cette sublime étincelle de l'amour divin qui brûle en moi et rayonne sur tout ce qui m'entoure. Oui, nous partirons, nous irons loin de ce vieux monde corrompu et irrégénérable, chercher une terre d'amour et de liberté. Nous fonderons une ville sainte, noble et courageuse, qui s'appellera la cité des travailleurs allemands; nous en ferons un refuge incessamment ouvert à tous les désespoirs, où chaque blessure viendra se panser, où chaque douleur trouvera la calme sérénité des jours heureux; oui, nous partirons, Roderich, nous partirons; et, un jour peut-être, la cité, que nous aurons fondée s'élevera sur le globe, comme un symbole de paix et d'amour, pour les générations futures!

Arnold se leva et alla rejoindre la troupe qui l'avait accompagné et qui stationnait au dehors.

Bianca était déjà partie.

Chacun fit alors irruption dans la demeure de Carl; une frugale collation fut servie, et un feu royal fut allumé. Après quoi, la troupe s'éloigna de ces lieux hospitaliers et se remit en route pour Munich.

VI

DERNIER RENDEZ-VOUS.

Nous avons peut-être un peu négligé Marguerite dans le cours de ce roman, mais les souffrances de Marguerite sont de celles qui ne s'analysent pas; on les comprend, on les devine, voilà tout. Sa vie, depuis l'instant où elle était née, jusqu'à celui où elle connut Carl, avait passé pure, ignorante, exempte des douleurs qui sont, dans notre monde civilisé, le lot fatal de la femme; elle avait grandi et vécu, oublieuse et oubliée, loin des hommes, sous les yeux de son père. Jamais le désir n'avait soulevé son sein; timide et chaste, marchant à travers la vie, sans en soupçonner les précipices, s'abandonnant tout entière aux charmes d'une existence calme, heureuse de sa beauté, portant avec une naïve fierté, et comme un divin diadème, la sérénité dont sa candeur parait son front, elle n'avait jamais rien vu audelà de l'horizon qui l'entourait, et ne croyait même pas qu'il y eût dans la vie d'autres joies que celles du foyer paternel.

L'amour de Carl l'avait tout à coup transformée.

Comme une flamme divine, l'amour de Carl était descendu un jour dans son cœur, et en avait éclairé les chastes profondeurs; un rayon d'intelligence avait, en traversant son esprit, arraché en quelque sorte son âme au sommeil qui l'enveloppait. Dans toute l'ingénue confiance de sa nature, Marguerite avait d'abord souri à ce nouveau sentiment qui s'emparait si impérieusement d'elle, et elle l'avait accueilli comme on accueille un hôte qui se présente la joie sur les lèvres, le bonheur sur le front!

Elle avait été cruellement trahie et trompée.

Que pouvait-elle faire, en présence des malheurs qui l'assaillirent alors? Marguerite était douce, aimante, dévouée; elle aimait plus pour les autres que pour elle-même; l'idée ne pouvait pas lui venir d'imposer son amour à Carl, qui le repoussait. Le sentiment maternel seul avait pu un instant relever son courage et lui inspirer d'énergiques résolutions. Mais la folie de son père l'avait détournée; il y avait là un dernier dévouement à accomplir, elle n'hésita pas; elle courba le front sous

ce nouveau malheur, s'assit, pieuse et triste, au chevet de son père, et se résigna.

Depuis le matin, le père Traub avait perdu toute sensibilité. Marguerite ne le quittait plus; elle savait qu'Arnold était parti la veille pour Kautsfein, et attendait le résultat de cette tentative. Bien qu'elle ne doutât pas des bons sentiments de Carl, cependant elle ne pouvait se faire encore à l'idée de son retour. Les médecins avaient annoncé que le père Traub ne passerait pas la journée; Marguerite ne se dissimulait pas le danger; elle se trouvait donc en ce moment sous la menace de deux malheurs terribles : la mort de son père, qui devait la rendre orpheline; le refus de Carl, qui devait la rendre veuve! C'était un dernier rendez-vous qu'Arnold était allé demander à Carl; ce devait être une dernière entrevue dans laquelle le sort de Marguerite allait se décider.

La pauvre enfant se rappelait avec amertume ces soirées enchantées qu'elle avait passées naguère, assise près de son amant, ses mains dans les siennes, oubliant son regard sur son front pur, frémissant d'une émotion inouïe!

L'entrevue qu'elle sollicitait aujourd'hui ne lui présentait plus les mêmes conditions de bonheur!

Elle avait perdu cette sainte confiance qu'elle avait mise dans Carl; elle avait peur de son indifférence elle redoutait un refus!

Carl l'aimait-il encore, reviendrait-il!

Combien n'eût-elle pas donné pour retourner au passé, à ces doux entretiens, où l'amour seul emplissait le cœur des deux amants, où l'ivresse troublait leur raison, où l'oubli de toute sagesse l'avait jetée éperdue dans les bras de Carl!

Hélas! ces heures bénies ne devaient plus se représenter; ce dernier rendez-vous auquel elle avait convié son amant était le dernier, et Dieu seul savait à cette heure quelle en serait l'issue!

Elle suivait avec une anxiété poignante le mouvement des aiguilles de la pendule, et prêtait une attention avide à tous les bruits qui venaient de la rue. Les aiguilles de la pendule marchaient avec une régularité désespérante, et le silence le plus profond continuait de régner au dehors. Une terreur vague montait sourdement au cœur de Marguerite, et s'emparait peu à peu de tous ses organes. Parfois, sa pensée, se dégageant vigoureusement des étreintes de la réalité, s'élançait avec ardeur vers le monde de ses rêves, et s'oubliait un moment dans l'espérance d'un bonheur qui n'était plus possible. Les beaux jours de son enfance heureuse repassaient devant elle; ses rêves les plus doux venaient s'asseoir à ses côtés et lui prodiguaient leurs caresses pleines d'amour; mais le bruit lent et monotone de la pendule et la respiration haletante du vieillard la ramenaient bientôt à la réalité de sa position, et lui rendaient toutes ses erreurs, tous ses doutes. La pauvre Marguerite flottait ainsi entre l'oubli et le souvenir qui tour-à-tour exaltaient et déchiraient son cœur.

Dans un de ces moments où elle cherchait vainement dans ses rêves l'oubli de ses souffrances, elle fut tout à coup interrompue par la voix faible mais calme de son père.

— Marguerite, disait le vieillard, Marguerite, viens près de moi, ne t'éloigne plus... je vais mourir!

— Mon père! s'écria Marguerite en saisissant les mains décharnées du vieillard.

Le père Traub la regarda un instant avec amour, puis hochant la tête en signe de découragement :

— Pauvre enfant, ajouta-t-il, j'aurais voulu vivre

pour te voir heureuse, mais Dieu ne l'a pas voulu; je te laisse seule...

Marguerite écouta avec étonnement les paroles calmes et pleines de sens de son père; elle regarda ses yeux où ne se lisait aucun égarement, et, comme si ce changement inopiné avait réveillé tout à coup dans son cœur un espoir oublié, elle se leva et se pencha vers le vieux professeur :

— Mon père, lui dit-elle avec une sorte d'exaltation, vous vivrez!

— Non, mon enfant, répondit le père Traub, non; mon heure est venue; je sens que je vais mourir! Nous allons nous quitter!... Ecoute-moi.

Marguerite resta debout; elle écouta.

— Marguerite, poursuivit le vieillard, tu vas être seule au milieu d'un monde que tu ne connais pas et dont je t'ai toujours éloignée, peut-être à tort. Tu es jeune et belle, mille séductions ne tarderont pas à t'entourer; tu es bonne et confiante, tu pourrais te laisser entraîner... Oh! prends garde, ma fille, tu perdrais bientôt la calme sérénité de ton âme, et ils feraient de toi ce qu'ils font de toutes les femmes!

Le père Traub était déjà fatigué, sa voix s'affaiblissait sensiblement, son regard perdait sa clarté et son assurance. Il reprit haleine...

— Marguerite, dit-il bientôt, tu as été pour moi bonne et dévouée; tu m'as rendu douce et heureuse la vieillesse si amère pour tous : merci, merci! Dieu te récompensera, dans tes enfants, du sacrifice que tu as fait à ton père de ta jeunesse et de ta beauté!...

Oserons-nous le dire, Marguerite n'écoutait plus son père. Toute sa pensée, tout son cœur étaient ailleurs. Son sein s'était soulevé avec précipitation, son regard s'était allumé.

Carl arrivait; elle l'avait senti; elle l'avait deviné! Toute sa vie allait donc se jouer dans ce moment.

Carl revenait; mais comment revenait-il?

Cependant les dernières paroles que venait de prononcer le père Traub avaient sans doute réveillé quelque souvenir dans son esprit affaibli, car chez lui aussi un changement s'était manifesté tout à coup dans sa physionomie: sa respiration était devenue plus rapide; ses yeux brillaient d'un plus sombre éclat; les pommettes de ses joues s'étaient plus ardemment colorées.

— Marguerite! s'écria-t-il tout à coup d'une voix impérieuse, et en se levant sur son séant.

Marguerite ne répondit pas.

— Marguerite! répéta le vieillard, dont la voix devenait de plus en plus vibrante, répondez-moi, où est Carl.

Au nom de Carl, Marguerite tressaillit involontairement, et retira ses mains que son père retenait dans les siennes pour les porter à son cœur.

— Carl? murmura-t-elle.

— Où est-il?.., poursuivit le père Traub; n'ai-je donc pas rêvé?.. Tout ce que j'ai vu est-il donc réellement arrivé?... Est-il vrai que Carl t'ait abandonnée, qu'il se soit enfui vers Kautsfein?... Réponds-moi, Marguerite... T'abandonner, toi... toi... et ton enfant!..

Marguerite se laissa tomber à genoux et cacha sa tête dans ses mains.

Il faudrait assurément une plume plus habile que la nôtre pour oser raconter ce qui se passait en ce moment dans le cœur de la fille du père Traub.

Depuis quelques secondes, par une sorte de divination magnétique, Marguerite était arrivée à la certitude de la venue de Carl; elle savait qu'il venait, qu'il était dans Munich, qu'il accourait vers sa Marguerite bien-aimée. Aussi toute sa vie semblait s'être portée de ce côté; elle ne voyait rien, n'entendait rien; elle écoutait cet écho mystérieux qui lui apportait le bruit des pas de Carl. Sans doute cet oubli, cette indifférence à l'égard de son père, avait, à cette heure suprême, quelque chose de profondément sacrilége. Un seul mot de Marguerite pouvait, à ce moment, calmer son père, qui s'épuisait en efforts impuissants, et que cette inertie allait tuer. Mais Marguerite ignorait complétement ce qui se passait à ses côtés; son regard fixe ne distinguait plus les objets qui l'entouraient; elle ne savait plus qu'une chose : Carl venait; et Carl était le père de son enfant!

Marguerite était donc tombée à genoux, au moment précisément où le père Traub, à moitié levé sur son lit, la sommait d'une voix impérieuse de répondre à ses questions.

Cette fois, elle avait entendu plus distinctement les pas de Carl; le jeune sculpteur montait l'escalier; il venait d'entrer!

Il poussa un cri et s'arrêta sur le seuil de la porte. Marguerite était restée à genoux, la tête dans ses mains, et le père Traub, dont Carl avait eu le temps d'apercevoir la silhouette décharnée, venait de retomber lourdement sur le lit en se tordant dans les dernières convulsions de l'agonie.

Un silence solennel plana quelque temps sur ce lugubre tableau. Le vieux professeur ne respirait plus; Marguerite étouffait ses sanglots de joie; Carl n'osait avancer.

Enfin, il fit un pas vers Marguerite; celle-ci tressaillit :

— Marguerite! lui dit-il.

Marguerite se mit à trembler de tous ses membres.

— Marguerite, répéta Carl d'une voix pleine d'émotion, ne reconnaissez-vous pas ma voix? C'est moi, Carl, votre ami,... votre... fiancé,..

Marguerite passa convulsivement la main sur son front; elle écoutait Carl, et chaque parole qu'il prononçait tombait doucement sur son cœur; mais quand le dernier mot vint frapper son oreille, quand elle comprit qu'il ne venait la chercher qu'à titre de fiancée.. et que, en lui donnant un nom honorable à porter, Carl lui rendait en même temps son amour, qu'elle avait été sur le point de perdre à tout jamais, une joie étrange, folle, de ces joies dont on meurt, s'empara tout à coup de son cœur éperdu, et elle alla se réfugier dans les bras de Carl, pour cacher son bonheur qui l'effrayait. Puis, comme si l'immensité de ce bonheur lui eût inspiré des doutes sur sa réalité, elle releva lentement la tête, et, fixant cette fois sur son amant deux yeux où se lisait un doux reproche tempéré par une touchante expression de dévoûment et de résignation :

— Carl, lui demanda-t-elle, je ne rêve pas, n'est-il pas vrai? J'ai bien entendu votre voix... c'est bien vous qui avez prononcé les paroles que j'ai entendues?...

Carl la serra dans ses bras.

— Marguerite, lui dit-il, vous sentez-vous le courage de me pardonner?...

— Si je vous pardonne!... Oh! mon Dieu... il le demande...

— Vous oublierez le passé?...

— Tout! tout! Carl,..

— Vous me rendrez votre amour?...

— Ai-je cessé un instant de vous aimer!...

— Et vous consentirez à devenir ma femme?

— Carl! et notre enfant!..

Carl se tut... un nuage passa sur son front... Il tendit silencieusement la main à Marguerite.

— Marguerite, lui dit-il bientôt après, vous avez bien souffert pour moi; je m'efforcerai de racheter le passé par l'avenir.

Alors Marguerite et Carl s'agenouillèrent au chevet du lit du père Traub, qui était arrivé à la dernière phase de l'agonie. Un médecin était entré dans la chambre, entraînant à sa suite quelques domestiques indiscrets et curieux.

Une demi-heure après, le vieux professeur avait cessé de vivre.

Au moment où le père Traub rendait le dernier soupir, un bruit de pas nombreux se fit entendre au dehors. Les personnes qui assistaient aux derniers moments du vieux professeur étaient trop puissamment absorbées par cette scène saisissante pour être facilement détournées; Carl fut le seul qui l'entendit.

Il jeta à travers la fenêtre un regard rapide et pâlit. Ce bruit était occasionné par une vingtaine d'Ouvriers de l'Avenir, qui, conduits par Roderich et Arnold Hermann, parcouraient une dernière fois les rues de Munich avant de partir pour l'Amérique.

Carl laissa retomber sa tête sur sa poitrine, et deux larmes sillonnèrent ses joues.

— Mon Dieu, pensa-t-il, l'expiation commence : Bianca en Italie, Arnold en Amérique.. et je reste seul !

Puis il murmura tout bas :

— Oh ! Marguerite ! Marguerite ! pourquoi faut-il que je vive !

FIN DES OUVRIERS DE L'AVENIR.

YAUMI

PAR PAUL FÉVAL.

I

Dans le village de Roz-l'Evêque vivait, au commencement de 1833, un grand garçon qui était sondeur de son métier, et s'appelait Yaumi.

Yaumi habitait la dernière maison du hameau sur le bord du biez Duval et juste en face du Puits. Il avait près de six pieds, des muscles de bronze, et vingt ans passés depuis la fête de Saint-Guillaume.

Après la maison de Yaumi venait celle de M. Noël, qui remplissait à Roz-l'Evêque les fonctions de maître d'école. Il vivait avec son fils Brice et sa nièce Scholastique. M. Noël, Brice et Scholastique étaient les seules personnes que fréquentât Yaumi.

Le soir, après le travail, au lieu de rentrer dans sa maison solitaire, il venait s'asseoir au foyer du vieux maître d'école. En entrant, il serrait la main de Brice, tirait sa révérence à Scholastique et faisait un signe de tête à M. Noël. Le vieillard feuilletait Barème ou un almanach. Quand il interrompait sa lecture, c'était pour tonner contre l'espèce humaine. Naturellement, ses harangues s'adressaient à Yaumi, qui, ne disant mot, figurait assez bien un auditeur attentif.

— Compter sur l'amitié d'un homme, sur l'amour d'une femme, sur l'honnêteté de n'importe qui, concluait invariablement M. Noël, c'est bâtir sur le sable, mon voisin, sur le sable du Puits.

Yaumi n'admettait peut-être point ce principe, mais il n'avait garde de discuter. Il écoutait la douce voix de Scholastique, et donnait son âme tout entière à de beaux rêves d'avenir.

Brice était un enfant malingre, chétif, pâle, peureux et avisé. Il avait appris à lire, et les bonnes gens de Roz-l'Evêque le regardaient comme un savant de premier ordre.

Scholastique avait de grands yeux noirs, hardis et mutins, une taille de guêpe et un sourire joyeux, qui découvrait trente-deux perles, merveilleusement alignées; Yaumi l'aimait à en perdre la tête, mais il ne le lui avait point dit, ce qui n'empêchait pas Scholastique de le savoir.

On était au mois de février. Brice et Yaumi devaient tous deux tirer à la conscription cette année. Un matin, ils passèrent le biez Duval, escortés de Scholastique et de M. Noël. Le vieillard et sa nièce les quittèrent au bout du Puits, après leur avoir serré la main.

— Bonne chance ! dit Scholastique, qui partagea fraternellement son doux sourire entre les deux jeunes gens.

— Quant à cela, grommela M. Noël en secouant sa tête chauve, il n'y faut point songer, mes garçons. Vous êtes pauvres : on vous fera partir. Compter sur la bonne foi des hommes, voyez-vous, c'est comme si l'on s'avisait de vouloir bâtir là; — il montrait le sable mouvant du Puits, — une maison de trois étages !

Brice et Yaumi prirent le chemin de Dol; ils formaient tout le contingent de Roz-l'Evêque. Brice était plus pâle encore que de coutume; il marchait péniblement.

Quant à Yaumi, ses traits exprimaient le calme le plus parfait.

Le maire, en personne, présidait au tirage. Brice et Yaumi s'avancèrent à leur tour.

— Tire le premier, dit Brice qui se sentait défaillir.

Le sondeur mit résolûment la main dans l'urne, mais il ne la retira point aussitôt. Un nuage passa sur son front, une idée subite et fâcheuse venait de lui ôter d'un seul coup toute son insouciance.

— Il faudrait m'éloigner d'elle ! se dit-il.

D'autres auraient songé à cela beaucoup plus tôt, mais Yaumi aimait trop pour réfléchir souvent.

— Allons ! dit le maire avec impatience.

Yaumi quittant le village.

Yaumi retira sa main et amena un bon billet. Un éclair de joie fit rayonner son œil. Puis il croisa ses bras sur sa poitrine et reprit son apparente apathie.

C'était le tour de Brice. Le pauvre garçon glissa ses doigts tremblants dans l'urne, tâtonna longtemps, choisit avec soin et tomba sur le numéro 2. Il laissa échapper un gémissement de détresse.

—Saint-Jésus! murmura-t-il, — les Bédouins!

Le sondeur fronça ses gros sourcils. Si le sort eût été un personnage en chair et en os, Yaumi l'eût certes fait repentir de la mauvaise chance de son ami Brice. Un instant même il regarda M. le maire d'une manière qui n'annonçait rien de bon, mais l'honnête magistrat était porteur d'une si débonnaire physionomie, que Yaumi fut désarmé. Il prit le bras de Brice et l'entraîna sans mot dire. Celui-ci se lamentait toujours, mais il ne parlait plus des Bédouins. Ce premier cri était parti du fond de son âme; il en eut honte et s'efforça de donner à sa douleur un motif respectable.

— Mon père! mon pauvre père! disait-il en sanglotant à fendre le cœur.

Cette plainte allait droit au cœur de Yaumi.

—Ce qui est fait est fait, grommela-t-il brusquement, par forme de consolation.

Brice se sentit venir contre lui une haine jalouse.

— Si tu étais tombé au sort, je te plaindrais, moi, au moins! dit-il.

Yaumi s'arrêta court. Il mit sa large main sur l'épaule de Brice et le regarda en face d'un air de reproche; puis il reprit sa route en silence, et hâta le pas. Arrivé devant sa maison, il fit entrer Brice, alluma sa résine, et montra une escabelle au dolent conscrit. Brice s'affaissa sur ce siége et couvrit son visage de ses mains en répétant pour la centième fois peut-être :

— Mon père! mon pauvre vieux père!

— C'est un brave homme, dit Yaumi d'une voix brève, quoiqu'il ait coutume de parler comme un mauvais cœur... Moi, je n'ai point de père. Je suis seul.

Malgré sa chagrine préoccupation, Brice ne put s'empêcher de lever sur le sondeur un regard étonné. Tant de paroles à la fois, c'était presque un miracle.

— Montre-moi ton billet.

— Qu'en veux-tu faire?

Yaumi leva les épaules avec impatience et sortit de sa poche son numéro de tirage qu'il jeta sur les genoux de Brice.

— Donne-moi le tien, répéta-t-il.

Brice ouvrit de grands yeux et obéit.

— Maintenant, poursuivit le sondeur, ne parle point de tout ceci à ton bonhomme de père, et va-t'en.

—Mais... voulut dire Brice, dont le cœur étroit ne pouvait point saisir d'un seul coup toute la portée de ce généreux échange.

Yaumi lui prit la main qu'il serra fort cordialement, le poussa dehors, et referma sa porte.

Le lendemain, M. Noël fit au sondeur des compliments de condoléance.

— Mon voisin, dit-il, tout homme est égoïste. Je suis sûr que vous maudissez le sort de n'être point tombé sur Brice plutôt que sur vous. Et pourtant Brice est votre ami... Je ne vous blâme point pour cela, mon

Le millionnaire.

voisin. L'homme est ainsi fait; compter sur le cœur du meilleur d'entre nous, c'est bâtir sur le sable.

— Oh! père... voulut interrompre Brice, dont la gratitude était toute chaude encore.

— Sur le sable du Puits! ajouta le vieux maître d'école.

Yaumi ne répondit point. Il regardait Scholastique et croyait voir une larme se balancer aux cils noirs de sa paupière.

— Vous allez donc nous quitter, monsieur Yaumi? murmura la jeune fille, qui vint se placer à ses côtés.

Il tressaillit et porta la main à son cœur. La voix de Scholastique lui sembla plus douce encore que naguère. Ces simples mots lui faisaient entrevoir un bonheur si grand qu'il n'osait point y croire.

— Allons! reprit gaillardement M. Noël, il faut se faire une raison, mon voisin. Vous reviendrez peut-être sergent.

Yaumi ne parut point sensible à ce riche avenir. Il se dirigea vers la porte; sur le seuil, il se retourna et adressa un regard à Scholastique, qui sourit et sortit aussitôt.

— Si vous voulez m'attendre, dit le sondeur avec timidité, je vous prendrai pour femme, quand j'aurai fait mon temps.

— Je veux bien, répondit sans hésiter la jeune fille.

L'œil de Yaumi brilla d'amour et de reconnaissance.

— C'est que, ajouta-t-il pourtant, comme s'il eût gardé un reste de crainte, cela durera huit ans.

— Je vous attendrai toujours, répliqua Scholastique.

Yaumi saisit sa main sur laquelle il mit un retentissant baiser. Les fiançailles étaient accomplies.

II

C'était à Paris que Yaumi devait rejoindre son régiment. Il fut dix à douze jours à faire sa route, par une froide matinée de décembre.

Yaumi fit son entrée dans Paris vers onze heures du matin. Tout le reste du jour il accomplit son devoir de conscrit : il badauda. La colonne lui sembla très-belle; mais il admira surtout les lions de l'Institut et la girafe du Jardin-du-Roi. A la nuit tombante, il dîna pour douze sous dans un cabaret. La cherté de ce repas lui donna grandement à penser, et il se promit de faire, à l'avenir, des économies. Quand il sortit du cabaret, la nuit était tout à fait venue; l'éclat du gaz l'éblouit. Il fit tourner son bâton, à la grande frayeur des enfants qui jouaient sur le boulevard, et poussa un long cri de joie.

A dater de cet instant, il marcha de surprises en enchantements. Tantôt il s'arrêtait devant le théâtre forain de quelque bobêche, et les spirituels lazzi de paillasse lui causaient un enthousiasme qu'il faut renoncer à décrire; tantôt il contemplait avec une épouvante pleine de charme le mystérieux Catalan, qui, coiffé d'un bonnet de police, égorge froidement une innocente princesse de cire à la porte du salon de Curtius. Chaque pas amenait un ravissement nouveau.

Yaumi s'étonna que Paris ne fût pas plus célèbre parmi les habitants du *Marais*. A son avis, cette ville méritait d'être connue. Il eût donné volontiers la moitié de sa fortune, qui consistait, malgré les dépenses du voyage, en huit francs et plusieurs gros sous, pour que Scholastique fût à même de voir tant de merveilleuses choses.

Il quitta le boulevard du Temple. Une fois qu'il eut passé la porte Saint-Denis, les becs de gaz se rapprochèrent, mais il n'y avait plus de bateleurs. Yaumi devint pensif. C'est à peine si les brillants magasins, qui multipliaient leur magnificence à mesure qu'il avançait vers le centre de la ville, attiraient un instant son regard distrait. Un souvenir venait de traverser son esprit. La figure moqueuse et ridée du vieux maître d'école grimaçait devant lui, remuant ses minces lèvres et souriant narquoisement. Yaumi crut l'entendre prononcer son éternel et désolant refrain. Il se boucha les oreilles; mais la voix de M. Noël arrivait, malgré tout, jusqu'à son cœur, qu'elle remplissait de doute et de tristesse.

—Dans huit ans! se disait-il, dans huit ans!... m'aimera-t-elle encore?

Il faut convenir que cette question était fort épineuse. De moins défiants que M. Noël l'auraient pu soulever; et nous savons bon nombre d'honnêtes gens qui ne sont en aucune façon misanthropes, mais qui, à ce seul mot de huit ans, perdraient toute assurance, et feraient peut-être chorus avec le vieux maître d'école : Bâtir sur le sable !

Quoi qu'il en soit, la mélancolie de Yaumi ne dura pas très longtemps, et les resplendissants abords du passage de l'Opéra le tirèrent de sa rêverie.

Yaumi entra sous les galeries; il y vit de belles estampes, et, derrière les vitres des magasins, de jeunes personnes qui le regardaient en souriant, ce qui l'induisit à penser qu'elles étaient douées d'un joyeux caractère. Il vit encore une foule de choses intéressantes qu'il serait superflu de décrire; puis, tout à coup, au sortir de cette voûte si bien illuminée, il tomba sans transition dans une cour fangeuse, terminée par un couloir obscur.

—Une contremarque pour le ballet! dit auprès de lui un adolescent dont il distinguait à peine le visage.

Yaumi serra instinctivement son bâton, déterminé à vendre chèrement sa vie, au cas où cet adolescent eût nourri contre lui des projets homicides. La brusque demande qu'on lui faisait en langue inconnue motivait cette appréhension. Comme il cherchait à gagner l'extrémité du couloir pour retrouver la lumière, le jeune garçon le tira par sa carmagnole, et reprit :

—Le ballet tout entier... pas cher ! on va lever la toile.

Yaumi examina curieusement l'adolescent, qui était vêtu d'une blouse malpropre, et tenait à la main deux petits carrés de carton fort gras.

—Les voulez-vous,.. trente sous? reprit encore ce dernier. Puis, il ajouta avec un sourire enjôleur : parce que c'est vous.

Depuis le matin, Yaumi avait déjà vu bien des choses étonnantes, mais celle-ci passait toutes bornes. Son œil s'attacha sur ces petits morceaux de carton sale, qui coûtaient trente sous, avec une sorte de vertige. Il crut à quelques diableries, tant le prix et la chose lui semblèrent prodigieusement disproportionnés.

—Trente sous! balbutia-t-il, trente sous!

—C'est pour rien, bourgeois, répondit le garçon.

—Pour rien ! répéta Yaumi renversé; mais que fait-on de cela, saint bon Dieu ?

Le marchand de contremarques, se livrant à la faconde poétique et imagée qui distingue si éminemment ses pareils, lui fit un tableau fantastique de toutes les jouissances qui l'attendaient au parterre de l'Opéra.

Yaumi, affolé par cette peinture, donna ses trente sous, saisit les précieux cartons et se précipita sous le vestibule. Au contrôle, on eut toutes les peines du monde à lui retirer son billet si chèrement acheté; quant au bâton de houx, il fallut renoncer à l'en séparer.

Son entrée dans la salle fit sensation. Le balcon crut que c'était une galanterie de MM. les directeurs, un intermède en dehors des promesses de l'affiche; Yaumi ne s'émut point et joua résolument des coudes; il parvint en quelques secondes au premier rang. Là, il s'établit de son mieux, repoussant de droite et de gauche ses voisins étonnés.

—Mon brave homme, lui dit son voisin de droite, vous m'écrasez le pied.

Yaumi rougit comme un enfant et retira sa jambe aussitôt. Cette prompte obéissance enhardit le voisin, qui n'était rien moins qu'un jeune commis de commerce, et qui, en cette qualité, se croyait obligé d'être beaucoup plus espiègle qu'il ne convenait à un simple citoyen. Il regarda l'un de ses camarades, placé non loin de là, et cligna de l'œil de cette façon niaisement malicieuse qui veut dire : « Attention ! je vais mystifier quelqu'un. »

—Mon brave homme, dit-il ensuite, comment se porte-t-on au pays ?

Yaumi tourna sur lui son œil plein de bonhomie. Il allait répondre, à la grande satisfaction du plaisantier, lorsque le rideau se leva tout à coup.

La parole s'arrêta sur les lèvres du sondeur; une admiration naïve et sans borne se peignit dans son regard. Puis, lorsqu'un essaim de femmes, toutes blanches et toutes roses, dont les formes gracieuses apparaissaient, demi-voilées, sous des flots de gaze, fit irruption sur la scène, lorsque les petits pieds chaussés de satin de ces houris bondirent, effleurant à peine le sol, lorsque leurs fines jambes se dessinèrent au vent des pirouettes, Yaumi ouvrit la bouche et retint son souffle. Son âme entière était dans ses yeux.

—Elles sont bien jolies, n'est-ce pas? murmura le commis, qui s'était promis une mystification, et n'en voulait point avoir le démenti.

Yaumi respira bruyamment. Il prit à deux mains l'appui rembourré de la cloison et le secoua comme s'il eût voulu l'arracher. Les veines de son front s'étaient gonflées. Tout son corps tressaillait. Son œil fasciné allait d'une danseuse à l'autre, attiré par celle-ci, puis par celle-là, puis par cette autre encore.

—Je suis sûr, reprit le commis, que vous aimeriez bien une de ces dames ?

—Oh ! oui ! répondit naïvement l'honnête sondeur.

—Laquelle ?

L'orchestre suivait un mouvement de valse, lent, balancé, voluptueux. Les danseuses passaient tour à tour par couple devant la rampe. Leurs bras s'enlaçaient, leurs couronnes de fleurs tremblaient doucement aux molles ondulations de leurs corps. Yaumi voulait choisir et ne pouvait. Celle qui passait lui semblait la plus belle, mais une autre venait dont le sourire était plus suave, une autre dont l'épaule était plus veloutée, une autre ensuite dont l'œil avait plus de langueur.

—Toutes !... je les aime toutes ! s'écria Yaumi, répondant sans le savoir à la question de son voisin.

—Peste! dit celui-ci en étouffant un éclat de rire;

eh bien ! mon brave homme, il faut vous en passer la fantaisie.

Yaumi l'interrogea de l'œil ; son regard brûlait.

— Avec de l'argent, reprit le voisin, on parvient à tout dans Paris.

Ce commis disait là une blâmable impertinence, qui est malheureusement passée depuis longtemps à l'état de proverbe.

Yaumi saisit la balle au bond.

— J'en ai, de l'argent ! dit-il.

— Combien ?

— Six francs dix sous.

Le commis colla un foulard sur sa bouche.

— C'est une jolie somme, répondit-il, mais ce n'est pas assez. Néanmoins, le mal n'est pas sans remède. Je sais un endroit où, dans une soirée, on devient millionnaire.

— Millionnaire ? répéta Yaumi, qui ne comprenait point ce mot.

— Oui, mon brave... millionnaire. C'est-à-dire très riche ; assez riche pour paver de louis d'or cette salle qui est devant vous.

Yaumi reporta machinalement ses yeux vers la scène. Les groupes s'étaient mêlés. La musique vive, alerte, sautillante, entraînait la troupe féminine dans une sorte de tourbillon. C'étaient partout poses abandonnées, entrechats gaillards, allègres pantomimes. Au même instant, les danseurs sortirent des coulisses, et chaque nymphe eut son demi-dieu.

Yaumi se sentit monter au cœur un accès de colère terrible. La jalousie le transportait. Il se leva et montra le poing à ces hommes qui venaient d'envahir son sérail et prenaient, à sa barbe, la taille de ses almées. Le commis se renversa sur sa banquette, en proie à un frénétique éclat de rire. Yaumi se retourna vers lui, assura son chapeau, et prit son bâton de houx.

— Je veux devenir millionnaire, dit-il d'un ton péremptoire.

— Cela ne m'étonne pas, mon brave.

— Conduisez-moi à l'endroit que vous m'avez dit.

Ce n'était pas le compte du commis, qui eût mieux aimé prolonger sur place la mystification. Il essaya de retenir son fougueux voisin et le pria d'attendre au moins la fin du ballet. Mais le sang de Yaumi bouillait dans ses veines. Sa tête était en feu. Il saisit le commis et l'entraîna, malgré sa résistance, au milieu d'un concert de chut et d'anathèmes.

Une fois dans la rue, Yaumi se découvrit et donna son front au vent glacial de la nuit. Les réverbères dansaient autour de lui. Il voulut fermer les yeux et vit des couronnes de roses sur des chevelures ondoyantes, de noires prunelles qui scintillaient, de magiques sourires. Puis il aperçut, dans un lointain brumeux, la silhouette de Scholastique, dont le visage disparaissait sous l'énorme coiffe du marais. Scholastique avait un court jupon de laine qui déformait sa taille, et de forts souliers à boucles d'étain qui lui faisaient de gros pieds. Yaumi soupira et haussa les épaules.

— Allons ! dit-il en pressant le pas ; allons où l'on devient millionnaire.

Le commis, qui déjà ne s'amusait plus que médiocrement de son équipée, descendit la rue Vivienne au pas de course, et gagna le Palais-Royal.

C'étaient encore des splendeurs nouvelles, mais Yaumi était rassasié. Les deux compagnons longèrent vivement les galeries et pénétrèrent par un étroit couloir dans la rue Montpensier.

— Regardez, dit le commis en montrant du doigt une lanterne noire où le chiffre 113 se dessinait en rouge sombre.

Yaumi regarda.

— Voilà l'endroit où l'on devient millionnaire, ajouta gravement le commis.

Yaumi regarda encore la lanterne. Quand il se retourna pour demander des explications, le commis avait disparu.

Quelques minutes après, il y avait grand tumulte dans l'antichambre de la maison no 113. Yaumi voulait entrer malgré les gardiens ; il voulait entrer avec son grand chapeau et son bâton de houx. Enfin, un compromis fut signé : on laissa entrer Yaumi, qui se résigna à déposer son chapeau et son bâton, ce qu'il ne fit point sans pousser un triste soupir.

Ce ne fut point ici comme à l'Opéra. Nul ne prit garde à lui : les joueurs ne sont pas gens à tourner la tête pour examiner les nouveaux arrivants. — En juillet 1830, lorsque le canon grondait aux abords du Palais-Royal, les joueurs ne perdaient pas un tour de roulette. Si quelques-uns d'entre eux prirent des fusils et combattirent, c'est que la garde royale leur barrait l'entrée du tripot.

III

Yaumi s'avança vers la table, au centre de laquelle un personnage armé du petit râteau emmanché de long prononçait à intervalles égaux des paroles inintelligibles. Un quintuple rang de joueurs entourait l'appareil ; mais, comme le sondeur dépassait de la tête tous ces jaunes et chétifs monomanes, il pouvait aisément voir le tapis vert et l'argent qui roulait dessus.

Après dix minutes consacrées à une attentive et minutieuse observation, il ne comprit rien du tout, sinon qu'il s'agissait d'un jeu de hasard. Yaumi n'avait donc point, pour le moment, d'autre ambition que celle de devenir millionnaire ; il pensa que le plus sûr moyen était de jeter son argent sur le tapis. Prenant donc dans son gousset l'unique pièce de cinq francs qui s'y trouvait, en compagnie d'une douzaine de gros sous, il avança sa main par dessus la tête des joueurs et la lança sur le tapis.

La pièce roula et fut se fixer sur l'une des cases numérotées qui couvraient le tapis dans toute sa longueur. Le croupier fit tourner la roulette. Yaumi avait suivi sa pièce d'un regard inquiet. Il la regrettait, il eût donné tous ses gros sous pour pouvoir la reprendre, mais il n'osa pas. Ces gens qui remuaient l'or à pleines mains lui en imposaient. Pendant qu'il se lamentait à part soi, la roulette cessa de tourner, et la voix monotone du banquier prononça quelques mots en langage complétement ignoré dans le marais de Dol. Trente-six pièces de cinq francs, très-habilement lancées, se groupèrent autour de celle qu'avait risquée l'imprudent sondeur. Il fit un soubresaut et chercha son bâton de houx pour exécuter un triomphant moulinet ; mais son bâton était absent.

Il n'était pas bien sûr néanmoins d'avoir le droit de prendre tout cet argent qui entourait sa pièce. Tandis qu'il hésitait, la roulette vira de nouveau. Le même numéro sortit. Cette fois, ce furent des louis d'or qui tombèrent comme grêle sur la mise de Yaumi. A ce coup, toute sa fausse honte s'évanouit : n'était-il pas maintenant aussi riche que ceux qui l'entouraient ? Mettant donc en œuvre le procédé que nous l'avons vu déjà employer avec succès au parterre de l'Opéra, il fut bientôt sur la première ligne. Alors, il s'assit, tira vers soi son trésor, et mit carrément ses coudes sur la table.

— Combien faut-il avoir d'argent, au juste, pour être millionnaire ? demanda-t-il à un vieux joueur qui était son voisin.

Celui-ci le regarda de travers ; mais, apaisé par la franchise naïve qui brillait sur le visage du jeune homme, il répondit :

— Il faut un million.

— Yaumi montra l'argent qui était devant lui.

— Y a-t-il un million là ? dit-il.

— Ah ! bah ! dit un vieux joueur ; il y a quinze cents francs.

— Tant que cela ? s'écria Yaumi. Mais il me faut un million ; quand il y sera, vous m'avertirez.

— Je m'y engage, répondit en souriant le vieillard ; mais, si vous m'en croyez, vous ne l'attendrez pas.

Yaumi était à même de voir comment les autres s'y prenaient. Il fit comme eux, et ne tenta plus les chances extrêmes. Seulement, au lieu de ne risquer qu'une partie de son trésor, il engageait le tout à chaque coup, et gagnait toujours.

Or, quiconque connaît sa théorie des proportions, doit savoir qu'il ne faut guère qu'une dizaine de *parolis* pour aller de quinze cents francs à un million. Le vieux voisin commençait à croire que Yaumi n'en aurait point le démenti. Il avait cessé de jouer lui-même pour suivre le jeu du grand garçon.

— Mon cher monsieur, dit-il enfin avec une certaine émotion, retirez-vous, croyez-moi... vous avez devant vous cinq cent soixante mille francs... la fortune d'un homme !

— Allons donc ! il y a un millier d'écus et un tas de chiffons qui ne vaut pas cinq sous.

— Ce sont des billets de banque, mon cher monsieur.

Yaumi n'en avait jamais vu, mais il les connaissait de réputation.

— Raison de plus ! s'écria-t-il gaiement. Cela fera-t-il bientôt un million ?

Le vieux joueur n'eut pas le temps de répondre. La roulette avait terminé sa révolution. Yaumi gagnait encore. Le banquier, impassible, parce que l'argent perdu n'était pas le sien, vida la caisse et doubla la mise du gars.

— Il y a un million, dit le voisin ; il y a plus d'un million, mon cher monsieur !

Yaumi se leva sur-le-champ. Il tira de sa poche son cholet à carreaux et fit un paquet de ses richesses. Plus d'un joueur malheureux lui adressa de fauves regards, et le vieux voisin, rompu aux usages du lieu, lui conseilla de se faire escorter par des sergents de ville ; mais Yaumi enfonça son chapeau, caressa le manche de son noueux bâton, et descendit quatre à quatre les marches de l'escalier.

Dans la rue, il se mit à courir comme un fou ; puis il s'arrêta pour chanter, à plein gosier, un refrain du pays. Las, enfin, de se promener avec son million sous le bras, il frappa à la porte d'un *garni* borgne, et demanda le prix du coucher.

— Un franc, lui répondit-on.

Il fut fortement tenté de passer son chemin et d'aller chercher ailleurs un gîte moins dispendieux ; mais, après tout, ses moyens lui permettaient cette folie.

— Bonne femme, dit-il à la maîtresse de l'établissement, faites-moi donner une chambre bien fermée, car j'ai un million dans mon mouchoir.

La dame regarda le cholet, fit une moue de dédain, et installa Yaumi dans un trou sombre, qui ne valait certainement pas son ancienne chambre à coucher de Roz-l'Evêque.

Il se jeta tout habillé sur le lit, et tâcha de mettre de l'ordre dans ses idées ; mais le sommeil le surprit, et il rêva bientôt qu'il folâtrait, en costume couleur de chair, sur les planches de l'Académie Royale de Musique, au milieu de jeunes filles belles comme des anges. Elles le prenaient dans leurs bras et le portaient en triomphe. Ce Yaumi avait du sang de pacha dans ses veines bretonnes.

Il s'éveilla en sursaut ; ses membres ruisselaient de sueur.

— Qu'elles sont belles ! murmura-t-il. Demain, je leur porterai le million. Elles seront à moi... toutes !

Cette agréable pensée le rendormit tout doucement. Cette fois, il eut un autre rêve. Il se vit cheminant, le sac sur le dos, le long de la digue de Dol. Il avait passé huit ans au service, huit longues années, pendant lesquelles il n'avait point reçu de nouvelles de Scholastique. L'avait-elle donc oublié ? Arrivé au sommet du mont Dol, il jeta un avide regard vers Roz-l'Evêque. Sa petite maison était là, devant celle du vieux maître d'école. Rien n'était changé dans le paysage. Le Marais était resté vert et plat, comme une gigantesque prairie, rayée à intervalles symétriques par les lignes terreuses des biez. Sur cette immobile nature, huit ans ne pèsent pas plus qu'un jour ; mais sur le cœur d'une jeune fille ?... Yaumi s'appuyait sur son bâton de houx, et livrait son âme à d'inquiètes pensées. Au loin, devant Roz-l'Evêque, il apercevait un espace vide que le soleil couchant dorait d'un oblique et rougeâtre rayon. C'était le Puits, ce lac de sable dont M. Noël parlait si souvent, pour rendre palpable la défiante rancune qu'il gardait à l'espèce humaine. Yaumi tressaillit à cette vue. Un pressentiment cruel emplit son cœur, et il descendit la colline, pour connaître enfin son arrêt. Sur le seuil du maître d'école, Scholastique était assise et penchait sa tête entre ses mains. Il s'approcha. La jeune fille poussa un grand cri de joie et tomba demi-pâmée sur son sein.

— Sois le bien-venu, frère, dit en même temps la voix de Brice, j'ai fait suivant ma promesse : je t'ai gardé son amour.

Quand Yaumi se réveilla, ses yeux étaient mouillés de larmes. Mille souvenirs, un instant oubliés, se pressaient dans son cœur.

— Brice ! Scholastique ! pensait-il. Mon frère ! ma fiancée. Oh ! puisque Dieu m'a fait riche, il faut que vous soyez riches aussi. Cette fortune n'est pas à moi ; elle est à nous trois... Pauvre fille ! elle m'aimait encore après huit ans d'absence !

M. Noël se serait impitoyablement moqué de cette dernière idée. Il aurait dit, non sans quelque apparence de raison, que, prendre un rêve au sérieux, c'est bâtir sur le sable. Mais, folie pour folie, mieux vaut encore se laisser bercer par un songe que de se porter acquéreur, au comptant, d'un corps de ballet tout entier.

Yaumi, rendu à ses premières amours, ne voulut point retourner à l'Opéra. Il se défiait désormais de lui-même. Après avoir mis en sûreté son million, il se rendit chez un écrivain public, et dicta une longue lettre, qu'il fit adresser à Roz-l'Evêque, canton de l'Islemer, arrondissement de Dol, département d'Ille-et-Vilaine, — port payé.

IV

La diligence de Saint-Malo devait arriver à trois heures. Ce jour-là, dès midi, Yaumi se promenait d long en large dans la cour des Messageries. Chaque fois qu'une voiture entrait, il s'élançait aux portières. Lorsqu'il avait constaté dans le coupé, dans l'intérieur, dans la rotonde, l'absence de ceux qu'il attendait, son regard se reportait vers l'horloge, et il frappait du pied avec impatience.

Comme on le pense, Yaumi avait fait emplette d'un remplaçant pour le service militaire. Il avait fait, ma foi, bien autre chose : sa chevelure absalonienne était tombée sous les ciseaux d'un coiffeur ; sa carmagnole avait cédé la place à un bel habit bleu, orné de boutons d'or. Un chapeau de soie, à forme haute et à petits bords, couvrait maintenant son front. Il faut l'avouer, accoutré de cette sorte, Yaumi perdait beaucoup.

Ses robustes épaules n'étaient point à l'aise sous le frac ; sa tête, veuve de ses longs cheveux, et surtout de son feutre, semblait énorme ; l'expression timide et presque sauvage de ses grands yeux bleus contrastait étrangement avec ce costume de citadin. Naguère, il y avait une réelle poésie dans cette douceur d'enfant mêlée à cette herculéenne vigueur ; sa brusquerie avait du charme, sa simplicité de la grâce. Maintenant, force, douceur, simplicité, gaucherie, prenaient un aspect comique. Il avait été un beau paysan, il était un laid bourgeois, ce qui n'est pas peu dire. Mais quelle figure ferait un rugueux bâton de chêne avec du vernis sur son écorce, des ganses de soie et une pomme d'or ?

Trois heures sonnèrent enfin. On entendit dans la rue Saint-Honoré une fanfare à faire venir la chair de poule. Ensuite, on vit arriver une ronde diligence, aux vastes flancs poudreux et crottés, avec un conducteur rougeaud, soufflant dans un cornet à piston, sur l'impériale.

A cette vue, les narines de Yaumi se dilatèrent ; il crut sentir une bonne odeur d'huîtres et de sardines fraîches : l'arôme du pays. Sur l'impériale, à côté du conducteur, il y avait une fille coiffée à la cancalaise, et un garçon dont le maigre visage disparaissait sous les bords de son chapeau.

— Scholastique ! Brice ! cria Yaumi.

Les deux jeunes gens reconnurent cette voix et regardèrent. Ils ne virent qu'un grand et fort monsieur en habit bleu. Ce n'était point le Yaumi de Roz-l'Evêque. Ils crurent s'être trompés.

— Brice ! Scholastique ! répéta le brave sondeur en tendant son bras.

Cette fois, la jeune fille n'hésita plus : elle se laissa glisser, et Yaumi la reçut sur sa poitrine. Brice descendit à son tour, mais avec plus de prudence. Alors, ce furent de chauds embrassements et des caresses sans fin. Brice surtout semblait ne point pouvoir se contenir. Il riait, il pleurait, l'excellent garçon ; il avait peine à se rassasier des serrements de mains et d'accolades.

Yaumi avait écrit au village qu'il était millionnaire. Or, Brice, qui avait appris à lire dans le Barême de son père, savait fort bien ce que c'est qu'un million. Aussi portait-il à Yaumi une tendresse que nul mot ne saurait peindre.

Quand on fut saturé d'embrassades, Yaumi fit avancer un fiacre. Les bagages n'étaient rien moins qu'embarrassants et furent bientôt transportés dans la voiture de place. Mille questions se croisèrent. Dans le premier élan de bonheur on ne s'était rien dit ; les démonstrations avaient remplacé les paroles.

— Et les nouvelles du pays ?... demanda Yaumi.

A ce simple mot, Scholastique perdit son joyeux sourire. Brice se hâta d'allonger la mine et prit son mouchoir, à l'aide duquel il essuya ses yeux, qui ne pleuraient point.

— Mon père ! mon pauvre vieux père ! murmura-t-il.

Yaumi, glacé par cette tristesse subite, allait interroger, lorsque son regard tomba sur le chapeau de Brice qui était entouré d'un ample crêpe noir. En même temps, deux larmes coulèrent le long des joues de Scholastique. Yaumi devina.

Le reste de la route se fit dans un chagrin silence. On ne retrouva quelque gaieté qu'à la porte du logis de Yaumi. C'était une maison neuve du quartier Montmartre. Brice et Scholastique faillirent tomber à la renverse à la vue des merveilles de l'intérieur. Depuis un mois que le sondeur était millionnaire, il avait un peu appris la vie. Il y avait chez lui des meubles rouges, de grandes glaces et de beaux tapis.

— Et tout cela est à toi ! s'écria Brice en extase.

— A nous, répondit Yaumi, qui prit d'une main son ami, de l'autre sa fiancée ; à toi, mon frère, à vous ma femme... si vous n'avez point changé d'avis.

— Changer d'avis ! répéta Brice, comme si cette idée lui eût causé une profonde horreur ; changer d'avis ! ah ! si j'étais femme !...

— Je vous ai donné ma promesse, et je vous aime, Yaumi, dit simplement Scholastique, mais je suis pauvre...

— C'est vrai, interrompit Brice ; moi aussi... mais c'est tant mieux ! nous lui devrons tout.

En écoutant Scholastique, Yaumi avait froncé ses gros sourcils.

— A la bonne heure ! dit-il en s'adressant à Brice. Toi, du moins, tu n'as pas peur de me devoir quelque chose.

Scholastique avait bon cœur. La noble conduite de son fiancé la touchait vivement, mais d'un autre côté, l'habit bleu du sondeur était si magnifique que la pauvre fille ne pouvait retrouver sa familiarité d'autrefois. A son insu, il se mêla un peu de respect à son amour. Ce fut peut-être un malheur.

Le vin est, en soi, une liqueur recommandable ; cependant, il n'en faut qu'une goutte pour faire tourner une tasse de lait. De même, le respect est un sentiment qu'on doit être très-fier d'inspirer, mais beaucoup de gens prétendent qu'il agit précisément sur l'amour comme le vin sur le lait. D'autres, il est vrai, affirment le contraire. Ces deux thèses ont été soutenues souvent à l'aide d'arguments ingénieux, subtils et peu divertissants. Nous ne les reproduirons pas.

Chez les vrais Bretons, la joie n'empiète jamais sur l'appétit. A l'heure du dîner, Yaumi conduisit ses hôtes dans l'un de ces restaurants dorés où les gens de province ne peuvent manger, tant ils admirent. Ensuite, il prit une loge au Théâtre-Français. Scholastique était dans le ravissement, mais Brice ne s'étonnait de rien. A dîner, il but le Bordeaux à plein verre et le déclara fort inférieur au cidre gluant du Marais ; au spectacle, il s'endormit, en dépit de mademoiselle Mars et de Marivaux. Ce digne poysan eût été digne de naître place de la Bourse.

Avant de se coucher, Scholastique prit Yaumi à part.

— Le pauvre M. Noël, avait appris ce que vous avez fait pour Brice. Il prononçait souvent votre nom dans le délire de sa dernière maladie. Le jour de sa mort, il m'a remis pour vous un papier, son testament sans doute. Le voici.

Yaumi prit la lettre, sur l'enveloppe de laquelle son

nom avait été tracé en belle écriture bâtarde par le vieux maître d'école. Il voulut rompre le cachet.

— Pas encore ! dit vivement Scholastique. Puis elle ajoute avec embarras : M. Noël désirerait que cette lettre ne fût point ouverte avant le jour de... de notre mariage.

— L'ouvrirons-nous bientôt ? demanda le sondeur en souriant.

— Quand vous voudrez, monsieur Yaumi, répondit Scholastique, qui devint rouge comme une cerise.

Il est à croire que Yaumi eût bien voulu répondre : « tout de suite, » et commencer les préparatifs de la noce ; mais, en Bretagne, le moindre paysan sait garder avec une stricte et convenante dignité l'étiquette du deuil. Le maître d'école avait servi de père à Scholastique, qui, d'ailleurs, était sa nièce. Elle devait porter, six mois durant, sa robe noire. Le mariage fut fixé au premier jour du septième mois.

Le lendemain matin, quand Scholastique s'éveilla, il y avait auprès de son lit deux jeunes demoiselles qui lui offrirent, l'une des chapeaux à choisir, l'autre des robes à essayer. Elle choisit le chapeau le plus frais et prit la plus belle robe.

De son côté, Brice fut salué à son lever par un tailleur qu'il accueillit avec une fort grande vénération. Il y eut entre eux un long échange de politesse, à la suite duquel Brice s'habilla de pied en cap. Quand il se regarda dans la glace, il ôta respectueusement son chapeau à son image qu'il prenait pour quelque monsieur d'importance. Par le fait, son nouveau costume ne lui allait point trop mal. Il était petit, maigre et pâle : notre uniforme allait à sa taille. Au bout de huit jours, il semblait qu'il n'eût point porté autre chose en sa vie.

Quant à Scholastique, son apprentissage fut plus court encore. Après quelques heures, elle se sentit à l'aise dans sa belle robe, et se demanda très-sérieusement comment elle avait pu vivre jusqu'alors avec un corsage d'indienne et une lourde jupe de laine à mille raies. Quand elle sortit de sa chambre, Yaumi resta devant elle en extase, et Brice, tout occupé qu'il fût à s'admirer lui-même, ne put s'empêcher de reconnaître que sa cousine était une charmante fille.

Les six mois qui suivirent parurent bien longs à Yaumi. Il comptait les jours et les heures : il comptait les minutes. Scholastique était tout pour lui : présent et avenir, il l'aimait éperdûment ; il pensait à elle toujours et jamais à autre chose. Nous ne pouvons affirmer qu'il en fût absolument ainsi de Scholastique. Yaumi avait voulu qu'elle fût parfaite et lui avait donné des maîtres. Tantôt c'était le tour du *professeur* de danse, tantôt celui du maître de musique. Scholastique ne pouvait, en conscience, penser à Yaumi tandis qu'on lui enseignait les mystères de la contredanse. D'autre part, la musique est un art difficile et n'admet point les distractions.

Brice, amateur déclaré des arts libéraux, assistait volontiers aux leçons. Il dansait, pour servir de partner à Scholastique ; il chantait, pour l'accompagner. Yaumi ne se sentait pas de joie en voyant tout cela : son ami et sa fiancée étaient si heureux.

De cette façon, Scholastique devint une jeune fille comme on en voit beaucoup. Brice, lui, à ses heures de loisir, apprit à jouer la poule, courut les bals publics, et prit toutes les habitudes d'un dandy de bas ordre. Yaumi resta ce qu'il était au Marais.

Les six mois se passèrent. Pour tromper son impatience, Yaumi avait commencé de longue main ses préparatifs. Il jetait son argent à la tête des fournis-

seurs, et voulait que Scholastique fût parée comme une madone. Scholastique ne demandait pas mieux.

La veille du grand jour, Yaumi se coucha de bonne heure pour gagner du temps, mais il ne dormit point, et le soleil levant le trouva debout. Scholastique n'était point éveillée encore ; Brice ronflait sans doute suivant sa coutume. Que faire ? D'abord Yaumi peigna, brossa ses rudes cheveux, les inonda de pommade et tâcha de se faire le plus beau possible. Il réussit seulement à se donner la triomphante tournure d'un marié de village. C'était un résultat, mais il était encore de bien bonne heure. Que faire ? Comme Yaumi s'adressait cette question, il avisa sur sa cheminée la missive posthume de M. Noël.

— Ma foi, pensa-t-il, voici le moment venu. J'ai le droit de lire la lettre de M. Noël. Dix minutes sont bonnes à perdre dans ma position.

Il prit le paquet, le tourna dans tous les sens, rompit le cachet et l'ouvrit enfin avec cette lenteur pleine de calcul que met un gourmet à humer un verre de bon vin.

— Oh ! oh ! dit-il en dépliant le contenu de l'enveloppe. Ce ne sera pas long.

La lettre, en effet, n'avait qu'une ligne, et la ligne n'avait que quatre mots, écrits en gros caractères :

Bâtir sur le sable.

— Pour le coup, s'écria Yaumi en riant de tout son cœur ; le bonhomme était fou... fou à lier !... Bâtir sur le sable ! Joli testament !

Son premier mouvement fut de jeter au feu cette suprême imprécation du vieux misanthrope à l'agonie, mais une lumineuse réflexion le retint. Que cherchait il ? Un prétexte pour éveiller Scholastique. Ce prétexte était tout trouvé. Yaumi referma la lettre et passa son habit de noces.

Il n'avait jamais pénétré à cette heure indue dans la chambre de la jeune fille. Sur le point d'entrer, un sentiment d'indéfinissable crainte l'arrêta. Il avait des droits, mais Scholastique était si pure ! Et puis, elle avait maintenant les façons d'une dame de Paris ; elle connaissait les usages. Si elle allait se fâcher ! — Il demeura un instant en suspens, la main sur le bouton de la porte.

— Qu'elle doit être belle ? se disait-il. Que je voudrais la voir s'éveiller, souriante, comme un enfant dont l'âme ne fut jamais effleurée par la pensée du mal !

— C'est cela ! pensa-t-il tout à coup. Je vais entrer en riant à gorge déployée. Scholastique me demandera pourquoi je ris, et je lui montrerai la lettre. De cette manière-là, je n'aurai pas l'air embarrassé.

Il mit aussitôt son expédient à exécution, et entra en poussant un bruyant éclat de rire. Mais ce rire se termina par un cri rauque et déchirant. Il y avait un homme agenouillé devant Scholastique. Cet homme tenait dans ses mains les mains de la jeune fille. D'un bond, le sondeur franchit la distance qui les séparait et le saisit violemment à la gorge. Scholastique releva la tête. Yaumi reconnut Brice. Il lâcha prise et laissa retomber ses bras le long de son corps.

Plusieurs minutes se passèrent. Il restait immobile, le regard fixe et privé de pensée.

— Grâce ! murmura bien bas Scholastique.

Yaumi s'éveilla brusquement à ce mot et lui imposa silence d'un geste. Brice n'osait faire un mouvement. Il ne se repentait point, mais il avait peur.

D'un seul effort, Yaumi eût pu briser ces deux frêles

réatures qui l'avaient si impitoyablement déçu, mais c'étaient les seuls êtres qu'il eût jamais aimés; et son cœur, blessé à mort, n'avait point de force pour haïr.

Il regardait Scholastique, puis Brice, puis encore Scholastique. Sa vigoureuse nature ployait sous cette douleur immense et imprévue. Deux grosses larmes, qu'il ne cherchait pas à retenir, se balançaient à sa paupière; mais il ne cherchait point à se venger.

— Grâce! dit encore Scholastique.

Yaumi secoua lentement la tête, et montra avec une sorte d'emphase les mots tracés par le maître d'école. Ensuite, il entraîna Brice et la jeune fille dans sa chambre à coucher, ouvrit son secrétaire et fit deux parts de billets de banque, dont il jeta la moitié aux pieds de Scholastique. Ce fut Brice qui les ramassa. Scholastique se mit à genoux et fondit en larmes.

— Pitié! dit-elle. Je vous aime; je n'aime que vous!

Un sourire de béatitude extatique fit rayonner le visage de Yaumi. Il ouvrit ses bras comme pour serrer la jeune fille sur son cœur; mais ses bras retombèrent tout à coup; son front devint pâle; il secoua de nouveau la tête et froissa convulsivement le papier où M. Noël avait écrit son menaçant refrain.

Une heure après, Yaumi cheminait sur la route de Bretagne. Il avait repris sa veste de paysan, son grand chapeau et son bâton de houx.

Scholastique, qui était, au fond, une bonne fille, et qui aimait beaucoup son fiancé, pleura pendant huit longs jours; ensuite de quoi elle se consola. Brice n'agit point mal avec elle. Il lui procura une position de modiste et garda les billets de banque, par la grâce desquels il devint l'époux d'une riche héritière du commerce.

<h2 style="text-align:center">V</h2>

Tout le monde se souvient, dans les Marais de Dol, de ce fou d'espèce singulière qui vint s'établir à Roz-l'Evêque, au printemps de l'année 183... Quelques-uns croyaient reconnaître en lui un jeune gars du village qui était parti comme conscrit un an auparavant. Mais le moyen de s'arrêter à cette idée? Yaumi, le sondeur, n'avait guère que vingt et un ans lorsqu'il avait quitté Roz-l'Evêque, tandis que le fou dont nous parlons portait au front des rides sans nombre, regardait les gens avec des yeux de vieillard, et n'avait pas, sur sa tête courbée, un seul cheveu qui ne fût gris.

Il avait acheté la maison de feu M. Noël, le maître d'école, et ne se montrait jamais au dehors. On s'aperçut dans le village qu'il était fou, parce qu'il passait toutes ses journées agenouillé et les mains jointes, dans un coin de la salle basse de sa maison, le coin occupé par le lit de Scholastique, la nièce de M. Noël. A toute heure, les curieux qui glissaient un regard à travers les carreaux poudreux de la fenêtre le voyaient dans cette position et à cette place.

Vers le commencement de l'été de cette même année, sa folie prit un caractère moins passif. Un jour, il sortit de sa maison, au grand étonnement de tout le monde, et traversa le village en gesticulant, comme pour inviter chacun à le suivre. On le suivit.

Il traversa le biez Duval et s'arrêta au milieu de cette oasis de sable qui porte le nom de Puits. La population de Roz-l'Evêque tout entière se rangea en cercle autour de lui, attendant avec impatience qu'il plût au fou de gambader et de faire de divertissantes grimaces, selon la coutume de ses pareils. Le fou ne gambada point. Il demeura quelque temps immobile et silencieux, puis, redressant tout à coup sa haute taille, il parcourut la foule d'un regard.

— Qui veut m'aider à bâtir une maison sur le Puits? dit-il d'une voix grave et triste.

Un immense éclat de rire accueillit cette extravagante demande.

— Ne riez pas! reprit impérieusement le maniaque; j'ai de l'argent.

Ce disant, il jeta sur le sable de pleines poignées de pièces de cinq francs. Les bonnes gens de Roz-l'Evêque n'en avaient jamais tant vu. Quand ils eurent tout ramassé, les hommes se découvrirent et les femmes firent la révérence; on doit respect à l'argent, même lorsqu'il tombe de la main d'un fou.

— Notre Monsieur, crièrent vingt voix, nous vous bâtirons une maison sur le Puits.

Il se retira lentement. Les bonnes gens de Roz l'escortèrent chapeau bas. Le lendemain, c'était une activité, un mouvement, un bruit extraordinaire autour du Puits. On fouillait le sable, on équarrissait des poutres, on délayait de la chaux. Le fou était là qui encourageait le travail.

En un jour, la maison s'éleva presque d'un étage; mais, le matin suivant, il n'y avait plus rien; le sable avait tout dévoré.

— Recommençons! dit le fou.

Il fit pleuvoir une nouvelle averse de pièces de cinq francs. On recommença. Quatre murailles s'élevèrent. Le lendemain, il ne restait plus trace des quatre murailles.

— Recommençons! dit encore le fou.

Il suivait les travailleurs d'un regard brillant et fiévreux. Le soir, il quittait le Puits le dernier; le matin, il arrivait le premier, et chaque fois qu'il trouvait anéantie la besogne de la veille, il souriait au lieu de se plaindre. Les bonnes gens de Roz ne se plaignaient pas non plus, car le fou payait largement.

— Après tout, se disait-on, *notre Monsieur* a son idée. C'est permis et ça fait vivre le pauvre monde.

Nous ne saurions dire au juste combien de temps dura cette lutte insensée. C'était par centaines qu'il fallait compter les tentatives du fou. Vaincu sans cesse, il gardait courage, et sa bourse ne semblait point devoir tarir.

— Recommençons! disait-il toujours avec une sorte de gaîté lugubre.

Quand il rentrait chez lui, le soir, il allumait une résine et s'agenouillait à la place où dormait autrefois Scholastique. A mesure que les jours se passaient, on remarquait en lui une décadence rapide. Son souffle était court et haletant; ses jambes fléchissaient sous le poids de son corps.

Une fois, les bonnes gens de Roz arrivèrent avant lui au rendez-vous matinal.

Le Puits avait, comme de coutume, englouti le travail de la veille, mais le fou n'était point

Les paysans se regardèrent avec inquiétude, parce qu'il y avait huit jours que *notre Monsieur* ne payait plus au comptant leurs dérisoires travaux. Ils craignirent une banqueroute et prirent en murmurant la route de la maison de M. Noël. La porte était fermée; ils l'enfoncèrent. Le fou gisait à sa place ordinaire. Son corps, affaissé sur lui-même, ne présentait plus qu'une masse inerte.

Il veut bâtir sur le sable.

— Le fripon! dirent les bonnes gens; il est mort sans payer.

Comme il n'y avait point de meubles dans la maison, ils n'eurent pas la peine de fouiller les tiroirs, et se bornèrent à inspecter les poches du défunt.

On n'y trouva qu'un peu de pain bis. En désespoir de cause, ils allaient se retirer, lorsque l'un d'eux fit un bond de joie, et saisit un papier que serrait la main crispée du mort.

— Part à tous!

Ce fut un seul cri. Les bonnes gens pensaient que le papier était un de ces billets de banque que le fou possédait naguère à foison. On s'approcha de la fenêtre, et l'on déplia vivement le papier. Hélas! ce n'était qu'un misérable chiffon froissé, usé, noirci, mais où se lisaient encore, écrits en belles lettres majeures à demi effacées, par des larmes peut-être, ces mots, qui semblèrent aux bonnes gens de Roz une mystification d'outre-tombe.

Bâtir sur le sable.

FIN DE YAUMI.

9 782013 699082